新潮文庫

太陽の塔

森見登美彦著

新潮社版

7956

太陽の塔

太陽の塔

何かしらの点で、彼らは根本的に間違っている。
なぜなら、私が間違っているはずがないからだ。

○

この手記を始めるにあたって、私はどこで生まれたとか、どんな愛すべき幼稚園児だったかとか、高校時代の初恋はいかにして始まりいかにして終わったかとか、いわゆるデビッド・カッパーフィールド式のくだんないことから始めねばならないのかもしれないが、あまり長くなると読者も退屈されると思うので手短にすませよう。

私は奈良で生まれ、一時期大阪に住み、思春期はふたたび奈良で過ごし、大学入学と同時に京都に住むようになった。今年の冬でほぼ五年、京都で過ごしていることになる。四回生の春には農学部の研究室にいたが、わけあって長い逃亡生活に入った。あのときは色々と思い悩んでいたのだが、今となっては思い出せないし思い出したくないし思い出す必要もない。そのあたりの事情は書かないですますつもりである。若者の苦悩なんぞに興味はない。

現在の私は、「休学中の五回生」という、大学生の中でもかなりタチの悪い部類に属している。

○

大学に入ってから三回生までの生活を一言で表現すれば、「華がなかった」という言葉に尽きるであろう。あらゆる意味で華がなかったが、そもそも女性とは絶望的に縁がなかった。

京都のほかの大学に通っている高校時代の友人が、

「京都の女子大生は京大生が奪って行く」

と言ったとき、私は愕然《がくぜん》としたほどだ。

いくら目を皿のようにして周囲を見回しても、私の身辺には他大学の女子大生を略奪してくるような豪の者は一人もおらず、私も含めてどいつもこいつも、奪われる心配もない純潔を後生大事に守り通しているように見えた。松明《たいまつ》を振りかざし、「女子大生はいねがー」と叫びながら、他大学まで女子大生を狩りに行くと一般に言われている恐ろしい京大生はどこにいるのだ。今でも私はあれを一種の都市伝説と考えたい。

しかし、私が女ッ気のなかった生活を悔やんでいるなどと誤解されては困る。自己嫌悪《けんお》や後悔の念ほど、私と無縁なものはないのだ。かつて私は自由な思索を女性によって乱されることを恐れたし、自分の周囲に張り巡らされた完全無欠のホモソーシャルな世界で満足していた。類は友を呼ぶというが、私の周囲に集った男たちも女性を必要としない、あるいは女性に必要とされない男たちであって、我々は男だけの妄想と思索によってさらなる高みを目指して日々精進を重ねた。あまりにも高みに上りつめすぎたために今さら下りるわけにもいかない、そもそも恐《こわ》くて下りることができないと誰もが思いながらも口をつぐみ、男だけのフォークダンスを踊り狂った。

○

しかし、そろそろ社会復帰は無理という色合いが濃くなり、これ以上男だけのダンスを踊ると本当に後戻りできなくなる、一生このまま踊り続けて踊り念仏の開祖にでもなるしかないという危機感が絶望的に漂う三回生の夏ごろ、私はつい抜け駆けをした。今でもその裏切りのことを思うとやや心が痛まないでもない。

恥をしのんで書けば、私はいわゆる「恋人」を作ってしまったのである。

相手は私がグウタラ部員として先輩からも後輩からも軽蔑《けいべつ》の視線を一身に浴びていた某体育会系クラブの新入部員であり、今にして思えば先輩として能《あた》うかぎりの特権を濫用《らんよう》し、それこそ万策を尽くして彼女を籠絡《ろうらく》したのであった。事情を知る一部の友人から、いたいけな一回生を騙《だま》くらかしたと非難囂々《ごうごう》、それでも正直に言おう、私は嬉《うれ》しかった。それでいて喜んでいる自分に対して唾《つば》を吐きかけてもいたのであった。ただ「恋人」ができたぐらいでそんなに嬉しいのかオマエは、と。

彼女の名前は水尾《みずお》さんという。

彼女については追々書くことになるだろう。今のところ私にとって彼女が唯一《ゆいいつ》の女性であり、私の生活を描くにあたっては彼女を抜きにしては語れないからだ。だからと言って、読み進むうちに、この手記が嫌悪すべき相思相愛めろめろのラブストーリーに変貌《へんぼう》してしまう心配はないから、安心していただきたい。彼女は知的で、可愛《かわい》く、奇想天外で、支離滅裂で、猫そっくりで、やや眠りをむさぼり過ぎる、じつに魅力ある人間なのだが、残念なことに一つ大きな問題を抱えている。

彼女はあろうことか、この私を袖《そで》にしたのである。

○

崩壊しかけた四畳半の真ん中にでんと腰を据えて、私はこの手記を書く。内容は私の日常である。「おまえの日常なんぞに興味はない」と言う方は読まない方が賢明であろう。周囲を見渡せば、もっとお手軽で、気楽で、愉快に読み捨てられる書物がごまんとある。なにを好きこのんで、こんな男汁溢《あふ》れる手記を熟読する必要があろう。読了したあかつきには、必ずや体臭が人一倍濃くなっているはずである。読み終わった後で文句を言われても困る。私の経験から言えば、いったん濃くなった体臭は二度と元には戻らない。

しかし、敢《あ》えてこの手記を読む人は、貴重な経験をすることになるだろう。もちろん愉快な経験とは言えまい。良薬とはつねに苦いものである。

ただし、苦いからと言って良薬であるという保証はどこにもない。

毒薬もまた苦いのだ。

○

比叡山《ひえいざん》のふもとにある下宿にて、私は電気ヒーターを火鉢のように抱え込んでいた。十二月に入って東山の紅葉も風に舞い、京都の寒さはいよいよ厳しい。そして私の住む陋屋《ろうおく》は冬将軍との対決場所としてあまりにも頼りない。圧倒的に分《ぶ》が悪い。私は立ち上がり、部屋の壁一面をしめる本棚から分厚いファイルボックスを取り出した。A4紙に印刷されている文字は、食事や風呂《ふろ》の時間を惜しみ、夜な夜なキーボードを叩《たた》き続けた成果である。

長きに亘《わた》り、私は「水尾さん研究」を行ってきた。

作成されたレポートは十四にのぼり、すべてを合わせると四百字詰め原稿用紙に換算して二百四十枚の大論文である。遺伝子工学そっちのけでこんな研究をしていたから、農学部の研究室から逃亡する羽目になったという事実からはひとまず目をそむけることにしよう。研究内容は多岐に亘り、そのどれもが緻密《ちみつ》な観察と奔放な思索、および華麗な文章で記されており、文学的価値も高い。

一年前の十二月の時点ではまだ不完全な点が多く、より正確を期すためにはさらなる歳月が必要であろうと思っていた矢先、私は彼女から一方的に「研究停止」の宣告を受けたのであった。

しかし、それぐらいのことで私はへこたれなかった。一度手をつけた研究を途中で放棄することは良心が許さない。幸い、私の研究能力と想像力をもってすれば、彼女の協力を排除したうえでも研究は成り立つ。断続的に行われる彼女とのメールのやりとり、および大学内外における実地調査によって、彼女の日々の行動を私は観察し、研究を続けた。むろん、この研究の副次的な目標が、「彼女はなぜ私のような人間を拒否したのか」という疑問の解明にあったことは言うまでもない。

かつて、私は彼女に恋しているという妄想に惑わされ、ジョニーの暴走を食い止められず、はなはだ見るに堪えない醜態を演じていた。しかし、彼女への恋情や自己憐《れん》憫《びん》に足をとられていては冷静な研究は不可能であると断じ、私はすぐさま、もたもたと身体《からだ》にまとわりつく感情の糸を切断した。

私にとって彼女は断じて恋の対象などではなく、私の人生の中で固有の地位を占めた一つの謎《なぞ》と言うことができた。その謎に興味を持つことは、知的人間として当然である。したがって、この研究は昨今よく話題になる「ストーカー犯罪」とは根本的に異なるものであったということについて、あらかじめ読者の注意を喚起しておきたい。

○

その研究資料の中に、A4紙を七枚セロハンテープで貼《は》りつけて、いわば屏風《びょうぶ》のように折り畳んだものがある。彼女の平均的な一日の行動を曜日別に記録したもので、これを参照して推理を働かせれば、彼女のおおよその現在位置が特定できる。きちんと大学に通う生活をしている人間の行動はそうそう変化しないものである。その資料は、ふと彼女を眺める必要が生じた場合にはたいへん重宝であった。

その日は火曜日の夕方だったので、彼女は四コマ目の講義が終了したあと、生協の本屋へ行ってしばらく立ち読みし、あるいは本を買ってから、帰宅する。ときにはスーパーで食材を買うこともある。三回生になっても債鬼《さいき》のごとく追いかけてくる語学の予習をしなければならないから、あまり寄り道せずに帰るのである。時計を見上げると夕方の四時前だったので、あと半時間ほどで講義が終わることになる。やはり本屋で待つのが良いだろうと思われた。

私はぐいぐいと準備運動をして入念に身体をほぐした。反復横跳びは、いざというときに素早く物陰に隠れる動作のために有益な準備である。彼女に姿を見られて困るわけではないが、冷静な研究を行うためには対象との直接的接触はできるだけ避けたほうがよい。

身体も温まったところで、芦屋《あしや》の叔母が凍えている私を哀れんで送ってくれた高級マフラーを颯爽《さっそう》と巻き、私は寒空の下へ出た。

○

私の下宿は高台にあるので、愛用の自転車「まなみ号」で下界へ向かう際、十二月にもなると、身を切られるような苦痛を味わいながら走らねばならない。普段ならそういった無駄な苦痛はできるだけ避け、下界には行かないようにしているのだが、こと研究ということになれば我が儘《まま》を言うわけにはいかない。

私には、おそらく世界で唯一の彼女研究者としての誇りがある。どんなことを為《な》すにしても、誇りを持たずに行われる行為ほど愚劣なものはない。ひるがえって言えば、誇りさえ確保することができればどんな無意味な行為も崇高なものとなり得る。自己嫌悪や他者の視線に足をとられている行為には、何の価値もないと断言しよう。振り返るな。足下を見るな。ただ顎《あご》を上げて営々と前進せよ。

私は毅然《きぜん》と顔を上げ、冷たい北風に頬をさらしながら、まなみ号を走らせた。御蔭《みかげ》通りに沿って下界に向かい、木枯らしが北から南へと駆け抜けて行く東大路《ひがしおおじ》通りへ出たとき、私はなにか不愉快なものの存在を感じとって自転車を止めた。一見、普段と変わらない東大路通りである。

この「東大路通り」というヤツ、洛北《らくほく》を通るときにはあたかも京都を南北にまっすぐ貫いているように装《よそお》いながら、そのじつ祇園《ぎおん》八坂でぐにゃぐにゃと腰砕けになり、やがてなし崩しに九十度回転して九条通りになってしまうという、私の嫌いなタイプである。私は東大路通りを通る機会が多いが、つねに警戒を怠らないようにしている。油断すると、どこへ連れて行かれるか分かったものではないからだ。

しかし、その日感じた違和感は、東大路通りが持っている構造上の問題とは異なっていた。もっとささやかで、もっとおぞましいものだ。

街灯に目をやると、そこに輝いていたのは電飾であった。神戸ルミナリエのような盛大なものではない。かといって家庭用クリスマスツリーに用いる電飾ほど安っぽいものでもない。目を動かして行くと、点々とならぶ街灯すべてに施されている。ハッと気づいて、いままで西進してきた御蔭通りを振り返ると、そこにならぶ街灯にも電飾がほどこされていることに気づいた。少し気をゆるしたすきに宿敵に懐《ふところ》に飛び込まれたも同然であり、私は慄然《りつぜん》とせざるを得なかった。

街を怪物が闊歩《かっぽ》している……クリスマスという怪物が……。思わず私は呟《つぶや》いた。田中神社の祭神、大国主命も、ここまでクリスマスの侵入を許してしまわれたことを、どれほど無念に思われていることであろうか。

四条河原町界隈《かいわい》ではとっくにクリスマスファシズムの嵐《あらし》が吹き荒れていることは私

にもよく分かっている。だからこそ私は、十二月以降に四条河原町には足を踏み入れないことにしている。しかしまさか敵の魔手が、ここ東大路通りにまで及んでいるとは思っていなかった。しかし現代日本のクリスマスが抱える問題について、ここで詳しく論じている暇はない。私は先を急がねばならない。

私はあたりを覆《おお》い始めた夕闇《ゆうやみ》の中に燦然《さんぜん》と輝く電飾を、無念の思いで見上げながら、さらにまなみ号を走らせた。

○

京大前の百万遍交差点は、帰路につく車や学生で賑《にぎ》やかであった。北西の角にはパチンコ屋が明るく輝いている。がらんとした百万遍の上にはぽっかりと夕空が広がる。

東大路通りに面している京大生協の本屋は、学内では最大の本屋であるから、私もしばしば利用している。自動ドアをくぐって暖かい店内に足を踏み入れながら、そもそも彼女を真剣に籠絡しようと企てたのはこの本屋であったことを思い出した。この本屋で立ち読みをしている彼女を見て、私は一般に「惚《ほ》れる」と呼ばれる錯乱状態に陥ってしまったのであった。

本屋で時を過ごしている彼女は、本棚の間をゆらりゆらりと気儘に動く。まさに小さな丸い猫が、あっちの水を舐《な》め、こっちの水を舐めしているがごとき様子である。そしてひとたび気になる本が見つかれば、それに夢中になって抜け殻のようになってしまう。そういうところがじつに魅力的だと言う人もいることであろう。

私はさりげなく店内に目を配りながら、棚から棚へと渡り歩いた。ときおり学術的書物を手にとっては、勉学に余念がない若者を演じつつ、油断なく彼女の姿を探した。しかし彼女はまだ店には来ていないようだった。時計を見ると四時過ぎである。まだ講義が終わっていないのであろう。

彼女のことが頭にあって、本を手にとってみても文字は頭に入らなかった。しかしこれは、私が彼女を想《おも》って上《うわ》の空になっているということではない。私にとって、本屋で彼女を待つという行為は、彼女と付き合い始める以前の不毛な煩悶《はんもん》の中でもがき苦しんでいた記憶を呼び覚ますものだ。私のような繊細微妙な人間が、ああいう思春期の中学生的な手順を踏まねばならなかった必然性は理解できるが、いまだにその恥ずかしい記憶を冷静に思い出すことができないのである。

やがて攻め来るハズカシイ記憶によって頰が紅潮してくるのが分かった。私は外気に冷えた手を頰に添えて、できるだけ血をひかせようとした。「ぼじそわかあ」と真言を唱えてみた。

両手を頬に添えて呻《うめ》くという恥じらう乙女のようなしぐさを余儀なくされているところへ、声を掛けてきた人間がいる。

「何してるの？」

それは水尾さんではなく、かつて同じクラブに属していた植村嬢であった。

○

私は植村嬢に対して、ひそかに「邪眼《じゃがん》」という名前を与えていた。なぜならば、二十四年の生涯を通じて、彼女の眼ほど恐ろしいものはなかったからである。「他者の視線ごときに誇りを粉砕されてはならない」、これが私の持つ十七の座右銘の一つだが、邪眼嬢の視線はつねに、いとも易々《やすやす》と私の誇りを粉砕してきた。

たとえばクラブの合宿などの際に、我々のような男どもが得意の妄想を膨らまして高級な遊びをしていたとする。いつもいつもライターでスルメを焼かずにはいられない男がいるために、そこでは男の体臭と焼け焦《こ》げるスルメの匂《にお》いが混じり合って渾然《こんぜん》一体となり、おそろしく居心地が良いことは言うまでもない。当然の帰結として我々はさらにエキサイトし、妄想は疾走し、融通無碍《むげ》の境地へと至る。

そこへ彼女がやってきて、ひとたびジロリと眼を動かすと、目の前にたしかに築き上げていたはずの妄想の山が、一瞬にして崩れ去ってしまうのだ。彼女がもう一睨《ひとにら》みすれば、残っていた破片までが雲散霧消して無に返る。誇りなんぞどうして保ち得よう。彼女の視線を前にすると、我々はあたかも大正時代の十四の乙女のように恥じらい、借りてきた猫のように縮こまる羽目になる。

我々に唾棄《だき》すべき恥じらいを強制する彼女の視線を私は憎み、「邪眼」という称号を与えもしたのだが、そんな称号を心ひそかに与えることが何の抵抗にもならないことは自明である。

なぜ我々はこうも彼女の眼力に弱いのか。彼女の眼球が構造的に大きいということもある。しかしそれだけの問題ではないはずである。それならば我々はデメキンの前でも恥じらわねばならぬ道理だ。いずれにせよ、私は彼女に見つめられるたびに「それ以上、俺たちを見つめないでくれ」と叫びたくなるのであるが、それはどこか負け犬の台詞《せりふ》を思わせるので、つねに竹の定規を入れたように背筋を伸ばし、渾身の力を振り絞って平静を装い、彼女の眼球に相対せざるを得ない。

じつにそれは「眼球に相対する」としか表現できない、それほど凄《すご》い眼なのである。

○

「忘年会のこと聞いた？」

植村嬢は言った。

「いや、聞いてない」

「たぶん二十六日から先になると思うけど。調整するからスケジュール教えて下さい」

「私はいつでも参上できる」

「実家には帰らない？」

「大晦日《おおみそか》まで帰らない」

「そうかそうか」

彼女は頷《うなず》いて、手帳を見た。「たぶん、就職組以外は来ると思う」

そうして彼女は微笑《ほほえ》みを浮かべて私を見た。私の内部にある何かおかしげなものを引きずり出し、分析して粉砕しようという腹である。そうに決まっている。

「いま何してるの？」

「君にこそ聞きたいね」

「私はお勉強」

「僕もお勉強だ」

「また役に立たないことをいろいろと詰め込んでるんでしょう」

「役に立たないものに賭《か》ける人生もある」

「また煙《けむ》に巻く気」

「そんなつもりではない」

彼女の邪眼が光を放つ。私は何か気のきいた言いわけを一くさりしたいと願ったが、ガラガラと誇りの崩れる音がして、韜晦《とうかい》するための何らの手段も講じることができなかった。切羽詰まった私はつい目を逸《そ》らし、中途半端《はんぱ》な笑みを浮かべた。

彼女と話している間にも、私はちらちらと周囲に気を配っていた。

「誰か待ってるの？」

「え」

私は彼女の鋭さに恐れをなし、日夜どんな研磨剤で磨き立てれば、ここまで鋭くなれるのであろうかと思った。このまま一緒にいれば、いかなる悲喜劇を引き起こしてしまうか分かったものではない。

「それじゃあ」

私は植村嬢の眼力の魔術から一刻もはやく逃れ出ようとして、そんな曖昧《あいまい》な言辞を弄《ろう》し、会話を切り上げた。

「またメールするから」と彼女は言った。

植村嬢のそばから離れたものの、まるで彼女の邪眼がどこまでもつきまとってくるようで、私は心落ち着かなかった。今ここで「水尾さん研究」を行うわけにはいかない。平静を欠いて致命的な失敗をしては、元も子もないのである。いずれにせよ水尾さんはここからマンションまで帰るはずだから、その途中で観察するほうが安全であろう。

私は本屋から出た。

○

水尾さんの住んでいるマンションは叡山《えいざん》電車元田中駅のそば、路地がややこしく入り組んだ南西浦町にある。半ば崩壊している木造二階建ての我が城とは異なり、鉄筋コンクリート六階建て、しかも新築のワンルームマンションである。各部屋に個人用の便所がある。あまつさえ個人用の風呂《ふろ》すらある。玄関はオートロックであり、容易に中に入ることは許されない。来るものは何者をも拒まずに受け容《い》れる二十四時間開放主義を誇る我が城とは雲泥《うんでい》の差があると言えよう。私のように他者を寄せつけない人間であれば不用心な下宿に住むことも人格の高潔さの証《あかし》となるが、彼女のような若い女性がこの風紀紊乱《びんらん》の世の中で一人暮らしをするのであれば、このマンションぐらいの重装備は必要最小限と言える。忌《い》むべきストーカーなどが現れた場合のことを考えれば、もっと厳重な警備をしても良いほどだ。多くを望めばきりがないが、せめてドーベルマンの十頭や二十頭は欲しいところである。私が二十四時間警護を買って出たいところだが、私とて単なる暇人ではなく、なさねばならぬことは山とある。非常に残念である。

私は彼女の帰宅を見届けるために、道ばたに停めてあるワゴン車のわきに立った。素早く携帯電話を取り出し、待ち合わせをしているのに相手が十五分も遅れているのでむしゃくしゃしている二十《はた》歳《ち》すぎの若者を巧みに演じ始めた。

日の暮れるのがいつのまにか早くなり、彼女を待っているそばからずんずん日が暮れて行く気がした。あまり暗くなると通行人に怪しまれるが、その反面、彼女に見とがめられる心配はなくなる。

私の立っている場所から右を見ると、叡山電車の線路が北東へ延びている。少し先で東大路通りと交差し、一乗寺方面へ向かうのである。市街地の中を突っ切るので、半ば路面電車のように見える。あてもなく街をうろついているとき、ふいに目の前の夕闇を叡山電車が駆け抜けることがあった。それはまるで、ごたごたと建て込んだ暗い街の中を、明るい別世界を詰め込んだ箱が走って行くように見え、私はひどく気に入っていた。

夕闇を駆け抜ける叡山電車を見るたび、手近な無人駅から飛び乗ってどこかへ連れていってもらいたくなるのだが、京都で暮らした五年間で、叡山電車に乗ったことは数えるほどしかない。

○

二両編成の叡山電車が通過した。

夕闇の中で車内が明るく輝いている。電車が通過する瞬間、吊革《つりかわ》にぶらさがっている植村嬢が見えた。彼女はジロリとこちらを睨んだ。私は硬直したが、すぐに気のせいだろうと思い、胸の動悸《どうき》を押さえた。彼女は京都の南に住んでいるのであり、この時間に叡山電車に乗る理由はないはずだ。私のいつもの癖であろう。

彼女にジロリとやられた後は、しばらくの間、私は彼女の邪眼に迫われるのがつねであった。それはフラッシュバックのように不意に襲ってきた。熱心に思索にふけっているときなど、テレビの陰や廊下の暗がりに邪眼の存在を感じ、ギョッとすることがよくあった。何の関係もない通行人がおもむろに邪眼を向けてくることもある。ひどいときには、下宿の天井にぽこぽこぽこといくつもの邪眼が現れたこともあって、それらがすべてジロリとこちらを睨むのだから、たまったものではない。

さらに問題なのは、邪眼が現れると私は急に恥ずかしくなってしまい、それまで熱心に進めていた高度な思索に耽《ふけ》る元気が萎《な》えてしまうことであった。私ともあろう人間が、なぜ一介の女子大生の眼球ごときに怯《おび》えなければならないのかと怒りに駆られる。怒りに駆られながらも私は無力で、息をひそめて邪眼の脅威が去るのを待つしかない。しかしこうたびたび高度な思索を中断されたのでは、私の人間的完成も遅れ、ひいては社会全体の損失ともなるだろう。つぎに邪眼が現れたときは一度腰を据えて話し合う必要がある。相手はただの眼球だが、「眼は口ほどにモノを言う」と言うではないか。

それにしても、と私は夕闇《ゆうやみ》の中で考える。

植村嬢は私と水尾さんとのことを薄々知っていたのではあるまいか。感情の合理化を目指す知的人間として、身の内にある理不尽な情動を押し隠すことに関しては私の右に出る者はいないという自負があるが、なにせ植村嬢とは四年間のクラブ生活を共に過ごしたのであり、謎《なぞ》めいた研磨剤によって日々徹底的に磨き上げた彼女の眼力をもってすれば、日常のほんの些細《ささい》な点から私の抱えていた愚かしい情動を見抜くことができたことも十分に有り得る。

たしかに一時は私も妄念に惑わされたが、それはあくまでも一時のことであって、そんな刹那《せつな》的な観察から私の全人格を把握したつもりになられては困る。できるものなら論文を提出して、植村嬢に釈明を試みたい。

○

私は邪眼の脅威に怯えながら、水尾さんを待ち続けた。

彼女が自転車にまたがって突進する姿を脳裏に描いた。彼女は一心に前を睨み、何をそんなに急ぐのかと言いたくなるような勢いでペダルをこぐ。周囲の電柱やら自動販売機が見えているのか、はなはだ心許《こころもと》ない。彼女にはつねにがむしゃらなところがあり、脇《わき》を固めることがつい疎《おろそ》かになるきらいがあった。そんなことでは世を渡って行くうちに、どこで危ない目にあうか分からない。もっとその点を注意しておくべきであったが、今となってはそんなことを忠告する筋合いではない。

さらに彼女が風変わりなのは、うっすらと笑みを浮かべていることだ。それは彼女の癖であり、何が愉快なのか分からんが、ときおり一人で微笑んでいる。そういうケッタイなところに惚《ほ》れる男もいるのであろう。

しかし、いつまで待っても、彼女は現れない。すでに部屋に戻っているのであろうかと思い、私は裏にある駐車場へ回った。彼女の部屋を見上げたが、明かりは点《つ》いていなかった。「高野の本屋にでも行っているのだろうか」と考えつつ、つま先に染《し》み通ってくる寒さに震えていると、駐車場の暗がりから人影が現れ、私に近づいてきた。

街灯に照らされたその顔に見覚えはなかった。

「警察を呼ぶぞ」

男はことさら重々しい声で言ったが、その底にひそむ軽さを、私はいちはやく見抜いた。しかし、私の見抜いた軽さが気のせいであってじつはなかなか重いかもしれないという可能性は否定できないので、ひとまずその不躾《ぶしつけ》な一言に対して丁寧に問い返して様子を見ることにした。一方で両足はすでに瞬間的な逃走へ向けて張りつめた弓のごとく準備されている。心身ともに機敏な反応と言わねばなるまい。

「何のことですか」

「これ以上、彼女につきまとったら警察を呼ぶ」

その男はどうやら私を、妄念に狂って彼女をつけ狙《ねら》う大馬鹿《おおばか》野郎とでも思いこんでいるらしい。失敬千万である。私は怒り心頭に発したが、得体のしれぬ男とみすみす同格で言い合う必要はないと平静を保った。

「何か誤解してませんか」

「ごまかすな」

「僕は君なんか知らないし、そんなことを言われるおぼえもない」

私はやや強い口調で言った。

「あんたのことは知っている。今こういうことをしたら警察につかまるんだよ。あんたみたいなやつを捕まえる法律がちゃんとあるんだ」

「君は誰だ」

「あんたなんかに言う必要はない。彼女がつきまとわれて困ってると言うから、話をつけに来ただけだ」

「話をつけると言っても、僕は何もしていない」

「これ以上彼女につきまとったら、本当に警察を呼んでくるからな」

男は人差し指を私に突きつけるようにして言った。

○

私は街灯の白い光の中で、彼の顔を仔細《しさい》に観察した。

一回生ほどの初々《ういうい》しさもなければ、大学生活五年に及ぶ私ほど爛熟《らんじゅく》した感じもない。

彼女と知り合いだと言うのだから、三回生であろう。中途半端なお年頃だ。眼は細く冷たいが「鋭い」というわけではなく、よく見ると子供っぽく落ち着かない。私を睨《にら》みつける格好をしているくせに私の眼を捉《と》えきれていない点から考えても、眼力は植村嬢の百分の一にも及ぶまい。唇は薄く、キツい言葉を吐くときに微妙に震えていることを私は見逃さなかった。眉毛《まゆげ》は一般よりもやや薄いが、これに取り立てて文句をつけるのは可哀相《かわいそう》だから敢《あ》えて何も言うまい。鼻はスラリと立派なものを持っているが、道具敗《ま》けの哀れさが漂っている。いちおう申し添えておくが、私はたんに彼の顔のパーツにケチをつけて鬱憤《うっぷん》晴らしをしているのではないし、また顔のパーツによって人間の中身が決まると言っているわけでもない。彼とほぼ同じパーツを揃《そろ》えている人にも立派な人間はいるであろう。むしろ、これらのパーツを揃えているにも拘《かか》わらず、彼の内面から噴出する圧倒的な小人物性が各パーツの担《にな》う意味を歪《ゆが》めてしまっていると言っているに過ぎない。

彼の顔から得られる情報を総合的に検討した結果、私は彼の人間としての器を少なくとも私の十分の一以下と推定した。これは無視して立ち去ってしかるべき、圧倒的な器の差と言わねばならない。このような人間に言葉をかけてやる必要すらない。

しかし、ここで考えねばならないのは、彼女と知り合いというからには彼も法学部である可能性が高く、いかにあそこには司法試験の魔宮に迷い込んで半ば廃人と化している人間がうごうごしているとは言え、素人《しろうと》の私を言い負かすぐらいの能力は具《そな》えているかもしれないということである。先ほどの品の無いやりとりから考えれば杞憂《きゆう》である可能性が高いが、それでもそれが彼の罠《わな》である可能性も否定できず、私が食いついてきたとみるや徹底的に法学部仕込みの必殺技を駆使して私を言い負かし、警察に連れて行く腹かも知れぬ。私の大切な研究に関して、一般人ならいざ知らず、官憲を納得させる自信はさすがの私にもない。

こんな小猫のミルク皿程度の器しか持っていない男に引導を渡されてたまるものかと私は思った。ならばここは相手の小ちゃな器に鑑《かんが》みて、言葉をかけずに立ち去ってやることが結局最良の策であろう。

彼は私の行く手を遮っていたが、私が無言で足を踏み出すと、アッとのけぞるように飛び退《の》いた。しかし私が帰って行くだけだと分かると、「おい、分かったのか」などと得意げに我が背中に言った。ホッと安堵《あんど》しているのが筒抜けで、濡《ぬ》れティッシュなみに内面の透ける男だと私は思った。

「もう、彼女につきまとうな」

彼はしつこく言った。

私はコートのポケットに手を入れると、愛用のデジタルカメラを確認した。そのまま立ち去るかに見せて唐突に回転すると、彼の顔めがけてシャッターを切った。彼はまるで散弾銃を向けられたかのようにひるんだが、名乗りもあげずに私を犯罪者よばわりするような男に対しては、こちらにもそれなりの手段がある。

彼は写真を撮られたことで怒りと不安を掻《か》き立てられたらしいが、私に飛びかかってカメラを奪う度胸もなく、どうして良いのか途方に暮れているらしかった。

それ以上騒がれると面倒になるので、私は安全対策用の脚力を生かし、スタコラサッサと退散した。男は「待て」と叫んでいたが、立場上やむを得ず叫んだに過ぎないらしかった。

○

日はすっかり暮れて、街のクリスマス電飾はいよいよ燦然《さんぜん》と輝いていた。田中神社の境内には橙色《だいだいいろ》に輝く御神灯がぽつぽつと見えたが、そんな心安らぐ明かりもクリスマスの白々しい電飾に気圧《けお》され気味であった。軽薄な電飾を避けるように、私はことさら薄暗い路地を選んで歩いた。怒りのあまり混乱して愛車まなみ号をマンション前に置いて来てしまった。明日にでも取りに行かねばならないと思った。

白い息を吐きながら歩いているうちに、寒気の中で凝《こご》った吐息の中に今さらのように蘇《よみがえ》ってきた彼女への怒りが混入していることに気づき、そんな感傷に足をとられてはならぬと思いながらも、私はズブズブと感傷の泥沼の中へもぐり込んでいった。

誰か分からないあの男。いまごろ奴《やつ》はさも得意気に一部始終を彼女に報告していることだろう。自分が玉子豆腐のようにぷるぷる震えていたことなどおくびにも出さず、あたかも自分の威光の前に私が罪過を悔いてひれ伏したがごとき情景を彼女に伝えるに違いない。

「もう大丈夫だよ、また来ても僕が追い払ってやる」

なんぞと嘯《うそぶ》きながら彼女の部屋であぐらをかき、トマトジュースを飲んだりしているのであろう。きっと酒はそこそこ煙草《たばこ》は吸わないという自己管理能力のある男に違いない。許せん。しかし何よりも許せないのは、彼女である。

一年前のクリスマス直前、彼女は一方的に私を否定した。まったく唐突の出来事であった。しかし私は誇り高い男であるから、彼女が容赦なく私を否定するのを聞いても顔色一つ変えず、潔《いさぎよ》く身をひいたのは言うまでもない。私の下宿で最後の話し合いをしたあと、我々は握手して別れたのである。あそこまで紳士的な終止符のうち方は、誰にでも出来るというものではない。

彼女が私の偉大さを理解できないがゆえに否定せざるを得なかったという事情はよく分かっていた。人にはそれぞれに能力というものがあるからだ。だからこそ私は紳士的に振る舞ったのだし、よけいな感傷を断ち切って彼女のいない生活に戻って行ったのである。それ以後の私の「研究」は、彼女に対する断ち切れない恋心などとは無縁であり、あくまで冷静に紳士的に行われていたはずである。妙な手紙を送りつけたり、無言電話をかけたり、近所に悪い噂《うわさ》をふりまいたり……そんな益の無い愚かしいことを私は一度たりともしなかった。彼女は私に感謝こそすれ、あんな男を手先に使って、私に恥をかかせる必要は断じてなかった。

アスファルトを踏みしめる足に力が籠《こ》もって来た。

闇に向かって吐く息もどんどん熱さを増し、機関車の吹き出す蒸気のごとき様相を呈してきた。もうもうと白煙を吐きながら北白川の閑静な住宅街を進んで行くと、夕食へ帰ってきたところであろう、門前に立っていた女子が私の姿に顔をひきつらせ、家の中に飛び込んだ。ワッと泣き声が聞こえた。

○

北白川別当の交差点を、東へ向かって御《み》蔭《かげ》通りをのぼる。

この道はそのまま山中越えと呼ばれる狭い道になり、琵琶湖《びわこ》へと抜ける。崩壊しかかった私の下宿は、御蔭通りがいちだんと狭さと傾斜を増して山中越えに変貌《へんぼう》した少し先の地点にあって、週末の夜中などに煙草を買いに出ると、怪しいエンジン音を響かせながら青白く輝く未知との遭遇みたいな車が駆け上がっていくのが見える。おそらくアルファケンタウリの異星人と交信しに行くのであろう。しかし私の部屋は下宿の一番奥にあるので、そういった不埒《ふらち》な輩《やから》のたてる騒音に思索を乱されることは少ない。

私はチカチカと瞬《またた》く門灯を横目に、コンクリートの短い階段をのぼった。正面玄関から入ると、中は真っ暗闇《くらやみ》だった。廊下の電気も入居者が勝手に点けたり消したりする自律的システムになっているために、「今日はなんかヤル気が出ねえ」と誰もが思っている場合には深夜に至ってもなおアパート全域が闇の中ということもある。ほとんど廃墟《はいきょ》に等しい。ただでさえ物寂しいアパートであるのに、近年急速に入居者が減ったために下駄箱《げたばこ》に置いてある新しい靴の数も大幅に減って、先住民が残していったボロ靴のみがいたずらに放置されて腐敗発酵し独自の旨《うま》み成分を熟成しつつ幾何学的菌糸をゆるやかに伸ばしており、いっそう絶望的に「廃墟」といった観を呈している。

このアパートでは、ほかの入居者と顔を合わせる機会はない。一般的な人間集団では個体数が少なくなるほど結束が固まるように思われるが、こんなボロアパートに住んでいる今時の大学生といったものはできるだけほかの入居者と顔を合わせることは避けるものらしく、その傾向は個体数が減るほどに顕著になる。今となってはお互いの見えないところでドアがバタンバタンと開け閉めされている音が聞こえるばかりであり、それもものの怪のしわざか人間のしわざか判定しようもなく、それなら自分以外に他の住民が住んでいるという確かな証拠は何もない。幽鬼のごとく己《おの》が周囲を浮遊する何者かの気配を濃厚に感じつつ、なおさら研ぎ澄まされてゆく孤独を満喫することができる。

廊下を歩いて行くと、私の部屋の前に、何かがうずくまっていた。

それは招き猫であった。

○

蕎麦屋《そばや》などの前にある信楽焼《しがらきや》きの狸《たぬき》を御覧になった方は多いであろう。巨大な睾丸《こうがん》と徳利と帳面をぶらさげて、なにが不満なのか敵意を込めて通行人に眼を剝《む》いている、あの異様な置物である。ときには金剛力士像なみに巨大なものがある。バタンと倒して子供を二、三人押し潰《つぶ》すにはちょうど良いぐらいの大きさだ。あれは非常に不思議な存在であり、やや腹立たしく、そしてやや愉快だ。

同様に招き猫もよく見る存在だが、ずば抜けて巨大なものはあまり見ない。自室のドアの前に放置されてあった招き猫は、あきらかに二十四年にわたる人生の途上では見たことがないほど大きかった。これほど大きい招き猫になると、金銭やお客様どころか、災厄から招かれざる客まで一切合切招き入れてしまいそうに思われる。ゆえにその大きい招き猫には、「さあ何でもドンと来いや」という肝っ玉母さん風の豪快さが漂っていた。

招き猫を部屋に引きずり込み、四畳半の真ん中に据えた。私は憮然《ぶぜん》とした顔を崩さないまま巨大な招き猫と相対した。そいつは置物のくせに生命感に溢《あふ》れており、私の方がよっぽど弱々しい。今にも招き猫の口がガバッと開いて、私を喰ってしまうのではないかと思われてきた。

そうやって鏡をのぞいた蝦蟇《がま》のようにたらーりたらーり脂汗《あぶらあせ》を流していると、ノックの音がした。ドアを開けると、にやにや笑う飾磨《しかま》がのぞいた。

「夢玉を持ってきた。開封に立ち会ってくれ」

彼は言った。そうして青いくりくりした玉をぬっと目の前に突きだした。

○

十二月の長い夜の底で、我々は夢玉を発掘した。

夢玉とは、「二十歳《はたち》の自分」を紙に書いて粘土で固め、二十歳になって開く日のことを思い描きつつ封印するというセンチメンタルな儀式である。その夢玉は我が戦友、飾磨大輝《だいき》が中学生のときに封印したものだ。彼が実家に戻ったとき、過去の恥ずかしい想《おも》い出の数々が放り込まれた段ボール箱の中から発掘された。すっかり忘れ去られていたものだから、すでに開封日たるべき二十歳の誕生日を大幅に通過していた。彼は、一人で開けるのも味気ないので同席してほしいと言うのである。

実際のところ、飾磨は開いた夢玉からどうどうと溢れ出すセンチメンタルの奔流に押し流されることを恐れたのであろう。我々は軽薄なセンチメンタリズムやロマンティックな想像を排し、リアルな日常を果敢に生きぬかんと誓い合った人間ではあるものの、我々も人の子であるから、時には急所をつかれることもある。「夢玉」という存在には、そんな魂のやわらかい場所を今にもぷすりと突きかねない危険な香りが、芬々《ふんぷん》と漂っていた。

想像して頂きたい、夜中に一人ぼっちで中学生時代の自分が封印した夢玉を開く。

それだけでも魂の局所麻酔が必要なほど痛ましい光景であるのに、そこでじんと来てほろ苦い涙など流そうものなら、たっぷり四半世紀は自分を許せぬ羽目になる。過去の自分を見つめるにあたって、彼が私という精神的支柱を必要としたのは当然のことであろう。万一、彼が過去に心を鷲掴《わしづか》みにされるようなことがあれば即刻殴り飛ばしてやらねばならぬと、私は右の拳《こぶし》をやや固めに握った。

話に聞いていた夢玉はソフトボールぐらいの大きさで、白い表面に藍色《あいいろ》の混沌《こんとん》とした模様が焼きつけられていた。中学生当時の飾磨の内面を象徴するような不気味な模様である。私は床に新聞紙を広げ、彼は夢玉をごろんと投げ出した。

「笑えない夢だったら、どうしよう」

彼は呟《つぶや》いた。

「何を書いたか忘れたのか？」

「アメリカに渡ってヘリの免許を取ると書いたような気もする。中学生だからな」

「ま、とにかく割ってみようや」

錆《さ》びたペンチで殴っても、夢玉は割れなかった。よほど強固な夢が封じ込められているのであろう。彼がペンチを振り上げるたびに、白い粘土の粉が宙に舞った。さんざん苦労してようやく割った時には、周囲の畳に白粉が散乱していた。中にはフィルムケースが収められており、彼は考古学的遺物でも扱うかのように、変色した紙片をつまみ出した。

私は傍らで、彼が中学生当時の自分が思い描いた輝かしい夢と対峙《たいじ》するのを見ていた。十四歳の自分が思い描いた二十歳の自分に対する夢を二十三歳の自分が読む。下腹部がむずむずしてくるほど、手のほどこしようがない光景だった。

急に彼が腹をよじって笑い出した。

あえぎながら「これは俺の夢じゃない」と叫んだ。

中学生時代の馬鹿《ばか》丸出しの夢を拒否したい気持ちはよく分かる。過去の自分の赤裸々な姿は、眼を背けたくなるのが常だ。しかし現在の我々は過去の失敗の堆積《たいせき》の上に成り立っている。ちょうど太古の生物たちの死骸《しがい》が石油となり現代の文明を築く礎《いしずえ》となったように、我々も過去の情けない馬鹿丸出しの自分を燃料としていまこそ見事に走ってみせねばならぬ。そのためには赤裸々な過去を堂々と受け止めることが必要だ。そもそも地下深くに埋蔵されている石油を掘り起こさねば、世の中にあまた放出されて思うさま環境を破壊しているプラスチック製品は生まれない。

「違う、違う。これは俺の字ではない」

彼は変色した紙片を私の眼前に突きつけた。

たしかにそれは彼の字ではなかった。内容も、大阪の私立中高一貫校に入学するなり三歩歩いて天地を指さし「天上天下唯我独尊《てんじょうてんがゆいがどくそん》」と宣《のたも》うて全校生徒をあまねく支配したと伝えられる彼が書くようなものとは思われなかった。私は声に出して読み上げた。

「①僕は京大の野球部に入って、三冠王を取りたいです。②普通に就職して、気の合う人を見つけて結婚したいです」

「なんて詰まらない夢なんだ！」

彼は叫んだ。

「君は他人の夢を十年も大事に守ってきたんだね」

私は静かに言った。

過去の自分と雄々しく対峙しようという彼の決意は行き場を失った。体内を駆けめぐる行き場のない思いと脳内麻薬を、彼が持て余しているのが手に取るように分かった。

「思い出した」

彼は呆然《ぼうぜん》とした顔で呟く。

「夢玉を完成させたあと、学園祭で展示した。それが終わってから、みんな自分の作品を引き取った。あのとき、俺の玉とそっくりのものがいくつかあって、それで俺は悩んだんだ。そこで入れ替わったに違いない。ああ、これは誰の夢だ。いったいこんな夢を書いたのはどこのどいつだ」

彼は怒り心頭に発してまくしたてたが、その台詞《せりふ》の底には振り払えない哀《かな》しみが漂っていた。しんしんと冷え行く四畳半に二人、どこの誰のものとも分からぬ二十歳《はたち》の夢を摑まされて、我々は途方に暮れるしかなかった。

「夢なくしちまったよ、俺」

彼はぽつんと呟いた。

○

夢をなくしちまった男、飾磨大輝について記す。

彼とは某体育会系クラブに入った時からの付き合いである。

この手記の冒頭において、我々は男だけの妄想と思索によってさらなる高みを目指して日々精進を重ねたと記したが、その絶望のダンスの最先端をひた走っていたのが、この飾磨大輝であった。その走りっぷりたるやあまりに見事だったので、ほかの部員たちに追いつけと言う方が酷であり、むしろ追いつけない方が人間として幸福なのではないかと思われる節さえあり、辛うじて彼と共に走り得たのは僅《わず》か三人の精鋭であった。鋼鉄製の髭《ひげ》にまみれた心優しき巨人、高藪智尚《たかやぶともなお》。法界悋気《りんき》の権化《ごんげ》、井戸浩平《こうへい》。そして、かく言う私である。

我々は先輩後輩からの好奇と侮蔑《ぶべつ》の視線を一身に浴びながら、敢《あ》えて「四天王」と名乗り、得意の妄想を振りまわして更なる顰蹙《ひんしゅく》を買った。高藪と井戸という二人の男については、いずれ、語りたくなくても語らねばなるまい。期待せずに待って頂きたい。

ともあれ、飾磨のことである。

彼は大阪の私立高校出身、孤高の法学部生であった。つねに法律書を抱えて百万遍界隈《かいわい》をうろうろし、知的鍛錬に余念がなく、「むささび・もま事件」など風変わりな名前の判例について滔々《とうとう》と語った。おそろしく緻密《ちみつ》な頭脳を持っていたが、その才能と知性の無駄遣いっぷりは余人の追随を許さなかった。

二回生の春、飾磨は芥川龍之介《あくたがわりゅうのすけ》風の不安に駆られて、「フルモデルチェンジする」と言い残し、「一華咲かせるべく」退部した。結局フルモデルチェンジもできなかったし、一華咲かせることもできなかったようで、ただ虚空《こくう》に吊《つ》り下げられてますます孤独をかこつ羽目になったことは言うまでもない。

しかし、退部ごときで我々の絆《きずな》が断たれたと考えたら大間違いであり、その後も飾磨は我々男たちの思想的指導者として君臨し続けた。

我々はクリスマスを呪《のろ》い、聖ヴァレンタインを罵倒《ばとう》し、鴨川《かもがわ》に等間隔に並ぶ男女を軽蔑し、祇園祭《ぎおんまつり》において浴衣《ゆかた》姿でさんざめく男女たちの中に殴り込み、清水寺の紅葉に唾《つば》を吐き、とにかく浮かれる世間に挑戦し、京都の街を東奔西走、七転八倒の歳月を過ごした。真剣に戦っていたわりには、誰も我々の苦闘に気づかなかった。敵はあまりに巨大であり、我々の同志はあまりに少なかったのである。

飾磨は飛鳥井町《あすかいちょう》のアパートで、工学部に通う妹と同居していた。私はその妹と一度も会ったことがない。話を聞いているだけなので、ニーチェ全集を愛読する硬派な女性であるということ、いくつかの言葉を過剰に恥ずかしがる特異な言語感覚を持っていることしか知らない。彼女の前で「ほくろ」という言葉を使用してはならないのだが、何か気に入らないことがあると、飾磨は「ほくろほくろほくろ」と連呼しながら妹を追いかけ回し、大層いやがられているということだった。彼女は飾磨という悪《あ》しきプリズムを介して、相当歪曲《わいきょく》された私のイメージを育《はぐく》んでいるらしい。彼女と私はお互いに間違って造り上げてしまったイメージを修正する機会も与えられぬまま、淡々と擦れ違って行くことになるのであろう。

司法試験の論文試験に落第したために、挑戦は翌年に延期され、その頃の飾磨はただでさえ持て余し気味の鬱屈《うっくつ》ぶりにさらに鬱屈を重ね、もはや屈折しすぎて正体の摑めない四次元立体のようになって膨れていた。だめ押しのように大学入学以来五回目のクリスマスが近づき、世間一般に対する彼の堪忍袋《かんにんぶくろ》も限界に達していた。

迫り来るクリスマスから眼をそらそうと思って開いた夢玉が、彼の精神にとどめを刺した。

○

失われた夢への鎮魂の意味も込めて、我々は酒を酌《く》み交わした。トースターで焼いた油揚げをばりばりと喰い、コンビニで買ってきたあたりめをしゃぶった。

我々は非常に節度ある人間なので、酒を飲んで前後不覚になったことはない。前後不覚になる前に前線から退くことにしている。やむを得ぬ場合は、すみやかに便器に反吐《へど》を投下してから撤退する。自分のエチルアルコール分解能力も把握せず、それどころか反吐を投下する場所もわきまえずに酒を飲む学生が多いのは遺憾なことであると言いたいところだが、遺憾どころか、もはや同じ学生として許し難い。「酒は百薬の長」と浮かれるつもりなら、居酒屋の階段に誤爆した反吐を自分ですすりこむぐらいの覚悟があってしかるべきであろう。

彼は畳に置いた招き猫を脇《わき》に抱え込み、ぴたぴたと叩《たた》き、布袋《ほてい》さんのようににやにやと笑みを浮かべるのであった。

「なんでそんなもん持ってきた」

私は怒りを込めて言った。

「妹が拾ってきた。引き取ってくれ」

「いやだ」

「君は招き猫が大好きだろう」

「ちっ。部屋によけいな物が増えるのはいやなんだ」

私の過去の傷を遠慮会釈《えしやく》無くほじくってみせる彼に憤《いきどお》りを感じつつも私はぐっと我慢し、我々は紳士的に酒を飲んだ。会話は自由奔放になり、空想は飛躍し、やがてあまりに飛躍しすぎてわけが分からなくなってきた。ここには邪眼の存在がないので、我々は一切の遠慮なく、やりたい放題であった。あまりにも奔放不羈《ふき》なので、ふと言葉を止めて、「俺たちは何を喋《しやべ》っていたのか」と新たに討議する必要さえ出てきた。討議しているうちにまた枝道に入り込んで、引き返すことすらままならなくなったりした。

「彼は今ごろどうしているだろうな」

飾磨は夢玉の本当の持ち主に思いを馳《は》せた。「うまくやってるかな」

「さあね」

「考えて見ろ。俺がヘリの免許を取るとか何とか阿呆《あほう》なことを言っているあいだに、彼はどこかで着々と準備してきたはずだ。きっともう気の合う彼女を見つけているに違いない。普通に就職しているかもしれん。ひょっとしたら結婚してるかもしれん。もしかしたら、考えたくもないことだが、幸せとやらを摑んでいるかもしれん」

「有り得ることだ」

飾磨は絶望的に唸《うな》って涎《よだれ》を垂らした。「許せん」

やがて彼は冷たい畳に身を横たえ、ジャンパーをぐるぐると身体《からだ》に巻いた。「俺の夢返せよう」「おれの」「ゆめ」「かえせようう」ひとしきり呟いて、現実を拒否するようにごろごろ転がっていたが、やがて静かになった。

○

私は一人煙草《たばこ》をくゆらしながら、パソコンを起動し、撮影した画像をモニターに映した。彼女のマンションの前で私を罵倒した男が画面に映った。貧弱な髭を顎《あご》に散らし、口をぽかんと半開きにして、こちらを見ている。

そもそもあの男は何者か。あの圧倒的小者ぶり。あのキャンキャンと神経にさわる不器用な威嚇《いかく》。頭から尻尾《しっぽ》の先まで腹立たしく不味《まず》いアンコが詰まった鯛焼《たいや》きのような男だ。なぜ彼女ともあろう人が、あんな男を選んだのか理解に苦しむ。てっきり彼女は独り身でいると思いこんでいた私の浅はかさは潔《いさぎよ》く認めよう。しかし彼女が私と別れたあとに選んだ男がアレでは、さすがの私も心穏やかではいられない。彼女が私を袖《そで》にした一年前、私は彼女の人を見る眼の無さに絶望したが、今宵《こよい》彼女の選んだ男を見るにおよび、その絶望をさらに深くした。これすなわち彼女の前では私とあの男は同格ということであり、これは私という希有《けう》の存在に対する明白な侮辱である。しかも彼女はあの男を使って私を非難するという二重の侮辱を行ったのだ。

読者の共感を得ようと思いながらこの文章を書いているわけではないが、この点に関しては誰からも共感を得ることができるはずだと確信している。この場合、人間としての礼節を忘れているのは明らかに彼女たちであろう。私の彼女に対する評価は世界大恐慌時《だいきょうこうじ》の株価なみに暴落した。

怒りに震えつつ、私がもうもうと煙草をふかしていると、

「これは誰だ？」

むっくりと起きあがった飾磨が背後からのぞき込みながら言った。

私はモニターの男が為《な》した非人道的中傷について、一部始終を語った。二十歳の夢をなくしたばかりの飾磨にとって、私の体験はひどく哀れを催すものだったらしい。感情を表に出すことなど滅多にない男が眼をぎらぎらさせた。

「許せん。君を侮辱したということは、俺を侮辱したということだ」

必ずしもそうではなかろうと思ったが、ここで貴重な同朋《どうぼう》を失う必要はない。私は大きく頷《うなず》いた。そして、この男の正体が分からないと言った。

「法学部生だろう。俺が調べてやる」

彼らのやり方は卑劣であり、天誅《てんちゅう》を加えざるべからず。我々の意見は一致した。

しかし、これはあくまで天誅であることを強調しておかねばなるまい。私の個人的怨恨《えんこん》とか、歪《ゆが》んだ恋愛心理とは何の関係もない。まず第一に考えるべきは、彼らの驕《きょう》慢《まん》きわまる心を正し、良識ある人間へと目覚めさせることなのである。

「無論だ。彼らは根本的に間違っている」

彼は言った。

「なぜなら、我々が間違っていることなど有り得ないからだ。そして、間違いはつねに正されねばならん」

しんしんと冷え込む下宿で、我々は熱い握手を交わした。

○

夜中の三時頃に飾磨は帰って行った。

布団《ふとん》をのべて蛍光灯を消すと、豆電球の橙色《だいだいいろ》の明かりに巨大な招き猫がヌッと浮かび上がって、ますます私を落ち着かなくさせた。

ようやく眠れたと思ったら、私としたことが、彼女の夢を見た。

夢の中で、私は彼女に「太陽電池で動く仕組みになっているモダアンな招き猫」をプレゼントし、またしてもあの悪夢のクリスマスイブが繰り返される。私は怒りと情けなさでぐたぐたになり、となりでは飾磨が俯《うつむ》いたまま為す術《すべ》もなくチョコレートケーキを切り刻み、彼女は錆《さ》びた鉄骨のように冷たい顔をしている。

○

水尾さんのマンションへ置き去りにしてしまった愛車「まなみ号」が気になってたまらず、翌日すぐに私は迎えに行った。

私が自転車の鍵《かぎ》を外している瞬間をまるで狙《ねら》い澄ましたかのように、マンションで猥褻《わいせつ》な一夜を過ごしたあの男と彼女が手に手を絡《から》ませて出てきたらどうしてくれよう

どうしてくれようと自虐《じぎゃく》的な妄想に耽《ふけ》っていると、ますますこの底冷えする盆地に一人ぼっちで屹立《きつりつ》している気分になり、今となっては「まなみ号」だけが心の支えなのだと思われた。厳密に言えば彼女は女性ではないが、事態が切迫しているこの際、些《さ》細《さい》なことに拘泥《こうでい》してはいられない。私はコートのポケットに手を突っ込んで黙々と歩きながら、これまで長きに亘《わた》って私のそばに寄り添ってくれた「まなみ号」の清楚《せいそ》な姿を脳裏に描いた。

雨の日も風の日も、富めるときも貧しきときも、健《すこ》やかなるときも病めるときも、彼女はつねに私と共にあった。大学と下宿の往復にとどまらず、日常のあらゆる局面で彼女は私を助けてくれた。質素でつつましい風貌《ふうぼう》の中にも人を惹《ひ》きつける何かがあるらしく、街中で少し目を離すと、彼女はすぐさま十条自転車保管場へ連れ去られてしまった。そのたびに私は京阪電車を駆って彼女を取り戻しに出かけた。係のおじさんに撤去費用を支払い、ほかの薄汚い自転車たちと一緒に押し込められて風雨に晒《さら》されている彼女を救い出して、「もう放しはしない」とばかりにひしと抱きしめる感動の場面を何度演じたか分からない。

そんなふうに私と彼女の絆はたいへん深かったのだが、彼女にもなかなか扱い難《にく》いところがあった。御蔭《みかげ》通りを下っているうちにどうにもこうにもブレーキが効かなくなり、私もろとも北白川別当交差点の露と消えかけたこともある。

「なげやりになってはいけないよ」

私が優しく諭しても、そんなときの彼女は何も答えず、風雨で剝《は》げたサドルでただ私の尻《しり》をそっと冷やした。そういう哀れげな様子を見ると、私はますます彼女を捨てることができなくなり、ブレーキ故障のまま誰に煩《わずら》わされることもなく、岩倉でも鞍《くら》馬《ま》でも大原三千院へでも、どこまでも共に走っていこうという破滅的な衝動に駆られるのであった。

ああ、まなみ号よ、お前を忘れて逃げ出した不甲斐《ふがい》ない私を許したまえ。

ほとんど寒空に向かって懺悔《ざんげ》しかねない有様で水尾さんのマンションにたどり着き、水尾さんの姿もあの不愉快極まる男の姿も見えないことを確認してから、私はまなみ号を探したが、彼女はどこにも見あたらなかった。お節介な近隣住民に移動させられたのかと思い、周辺を調べてみたけれども、一向に手がかりはない。

ひとしきり、泣きそうな思いで歩き回ったあげく、私も現実を受け入れないわけにはいかなくなった。昨日の今日であるし、こんな住宅街まで自転車撤去の手が届くとも思われない。だとすれば、まなみ号は悪意の第三者によってかどわかされたと考えるしかあるまい。

私は冷えたこぶしを固めて立ち尽くし、灰色の寒空を仰いだ。

ああ、愛《いと》しのまなみ号はどこにいるのであろう。どこぞの胡散臭《うさんくさ》い男に乗り回されたあげく、うらさびれた街の片隅に捨てられ、剝げちょろけたサドルを氷雨《ひさめ》に打たれながら私を待っているのではないか。哀れだ。あまりに哀れである。神も仏もないものか。

しかしこうなっては、彼女の行方を辿《たど》るすべもない。私はもと来た道を力無く引き返した。

それにしても腹立たしいのは「あの男」である。

彼が声を掛けてこなければ、まなみ号を放置して逃げるという羽目にもならず、このような別離の悲しみに胸を裂かれることもなかったのだ。

天誅を加えざるべからず。

私は何度も呟《つぶや》き、飾磨がいち早くあの男の正体を突き止めてくれることを願った。

○

それから数日、飾磨からの連絡はなかった。

法学部で秘密裡《り》に調査をすると言っていたが、本当に調査しているのかどうか分からなかった。本来ならばここで、彼を探偵役としたスリリングな推理ドラマが展開されてしかるべきだが、私は何も知らない。知らないことは書かない。

現在の私は大学と絶縁状態にあり、日の高いうちに大学構内に踏み込むことはできない。私は北部構内の銀杏《いちょう》並木の紅葉が好きだったが、今秋は一度も見ないままに終わった。しかし孤独だとは思わない。中途半端《はんぱ》に外部と接触するから孤独感に悩まされねばならないのであって、はなから接触しようという助平心を起こさなければ孤独感を味わうこともない。私のような立場で、大学に求めるものなど何もないのだ。大学側も私に求めるものはないらしく、せいぜい未払いの学費の督促状が来るぐらいで、もう少し激しく私を求めてくれても良いのではないかと思ったりもしたが、いやいやそんな物欲しげな顔をしていると馬鹿《ばか》にされると思い、私は敢《あ》えて憮然《ぶぜん》としながら京都信用金庫で学費を納めた。大学側は当然のように受け取った。当然なのだが。

私の日常は、東大路《ひがしおおじ》通りにある寿司屋《すしや》のアルバイト、下宿における読書と思索、近所の古本屋めぐり、ほぼこの三つで構成されていると言える。ここへ適宜、友人との会合や水尾さん研究、ビデオ屋などを織り交ぜてやれば、私の日常が成立する。

坦々《たんたん》と過ぎゆく日常の中に、派手ではなくとも何か人生の秘奥《ひおう》を垣間見《かいまみ》せるような、高尚な経験が私にあるのかといえば、そんな深みのある出来事などに縁はなく、昨今の若者にありがちな、現代文明におんぶに抱っこの日々を生きているとしか言いようがない。そんな日々を送りつつ、これまた若者にありがちな「自分は選ばれた人間である」という鼻持ちならぬプライドを私もまた持っているわけだが、これまたありがちなことに、選ばれし者としての恍惚《こうこつ》も不安も日常の中にはカケラも見つからない。ではお前が「選ばれている」と信じ込んでいる根拠はどこにあるのだと問われれば、私のほうが教えて欲しいぐらいである。しかし、どこかにあるはずだ。じめじめと湿った、誰もが目をそむけたくなるような不気味な暗がりに、まだ見出《みいだ》されざる宝が眠っていると私は信じる。

日常が簡潔であるに越したことはない。真の偉業は、劇的な日常とは無縁の場所でこっそりと為されるものだ。とりあえずコレと示すことができないのが残念だが、私もまた世界史に残る偉業を為そうとしている人間であって、思索を掻《か》き乱す波瀾《はらん》万丈の日常など欲してはいない。ただ静かに放っておいて欲しいと思う。ちょっと寂しいときにだけ、かまってくれれば十分だ。

しかし、かまって欲しいと思うときにはかまってくれず、放って置いて欲しいときには放って置いてくれないのが世間というものである。

下宿に籠《こ》もって心をひそめて思索に耽っているとき、それを掻き乱そうと来襲するものが後を絶たない。NHKの集金人はもちろん、宗教の勧誘、正体不明のアンケートなどは、下宿をする場合には宿命的についてまわる。しかし私の場合、何よりも悩まされていたのは湯島という男の来訪である。

○

彼は私のクラブの二年後輩にあたる。つまり水尾さんと同学年である。吹けば飛ぶように痩《や》せていて、何を考えているのか分からず、限りなく幽霊に近い人間という表現がふさわしいだろう。

引退したあと、しばらく私はクラブへの借金を背負っていた。ミーティングにも顔を出さなくなった上に、ほかにも色々と差し障《さわ》ることがあって、私はついつい返済を先延ばしにしていたのだが、やがて会計係となった湯島がじきじきに私の下宿を訪ねてきたので、それ以上逃げようがなくなった。私は大人しく金を工面して返済した。

しかし、それからも湯島は訪ねてきた。

どうやら私が金を返済し切っていないと思っているらしいのだが、私はすでに完済している。何か根本的なところで誤解が生じているらしいが、話しても湯島は霞《かすみ》のような笑みを浮かべ「いやそれは計算が違っていて」などと言うばかりで一向に埒が明かない。私がクラブを訪ねて湯島の件を相談すると、後輩たちは「湯島君はクラブに来てません」と言った。

聞くところによると、三回生の初夏あたりから湯島はますますその幽霊ぶりに磨きをかけ、いるんだかいないんだか分からない案配になり、やがて彼が姿を見せていないことに友人たちがようやく気づいた頃には、もう生きているんだか死んでいるんだか分からない状態になっていたということである。実際、連絡が取れなくて困っていると彼らは言った。クラブを辞めると言うのならそれなりに手続きもあるから、勝手に消息を絶たれては困ると言う。

「こんど訪ねて来たら、そこらへんを先輩の方から言ってやって下さい」

そういう経緯で、私は巧妙に下駄《げた》を預けられてしまった。

妄想的債鬼となってしまった湯島が訪ねてくるたびに、私は彼を現実世界へ引き戻そうとしたのであったが、当方も地上三十センチあたりにぼんやり浮かんでいるような暮らしぶりなので、説得力がないにもほどがある。彼を説得しようとしているうちに、どちらかといえば自分は彼の側の世界に暮らしているのではないかと思われてきて、だからこそ彼が私を選んで訪ねてくるのではないかという推測も成り立ち、にわかにゾッとした。同病相憐《あわ》れむと言うが、彼と同じ病気にかかっているとは思いたくなかった。

湯島はおおむね自己嫌悪《けんお》にとらわれているらしかった。徹底した自己嫌悪ならともかく、中途半端な自己嫌悪にとらわれている人間ほど、ケチ臭く、はたから見ていて不愉快なものはない。湯島は幻想的借金の催促の合間に、そんな自己に対する嫌悪を綿々と語るのであった。

これにはいくら静謐《せいひつ》な精神を保つ私でも参った。機嫌の良いときはドアを開けて応対してやることもあったが、機嫌の悪いときにはドアを開けずに無視した。そうすると、湯島はドアの向こうで「東寺の塔を左にて、とまれば七條《しちじょう》ステイション、京都京都と呼びたつる、駅夫の声も勇ましや、ここは桓武《かんむ》のみかどより、千有余年の都の地」みたいな古風な歌をぶつぶつ唄《うた》った。あんまり腹が立つと、私も「紅萌《くれないも》ゆる岡の花　早緑匂《さみどりにお》う岸の色」と応戦した。何をやっているのか分からない。

○

飾磨《しかま》からの連絡を待って、下宿で悶々《もんもん》としているとき、湯島が訪ねてきた。

はじめは無視しようと思っていたが、「僕は気が狂っちゃったんですよう。先輩」

などと聞き捨てならぬことを言うので、心の痛みに堪えず、ドアを細く開けた。ここに自分の弱さを見る気がして、私はいつも苦々しい思いに駆られる。

湯島は青白い顔をして廊下に立っていた。

「なんだ。どうした」

「なんだか僕も分かりません。最近、幻覚を見るんです」

「何を見る?」

「眠れないので起きてると、夜中にアパートの裏をね、何かがゴトゴト通るんです。窓から見たら、叡山《えいざん》電車なんです」

「おまえの下宿、どこだっけ」

「うちは一乗寺ですけど、近くに線路なんてありません」

「じゃあ、おかしいじゃないか」

「先輩、叡山電車が線路から外れて走るなんていうことありますか。そういうことって有り得ますか」

「いや、あり得ないね」

湯島は私の顔をじっと見つめた。

「僕は気が狂うんじゃないかなと思うんです」

「相当参ってるな」

私は言った。「考え込んでいるからいけない。頭の中をからっぽにせにゃ」

「でも、そんな具合には行きません」

「ずっと部屋に籠もってるんじゃないのか？」

「べつに、籠もってるわけじゃありません」

「でもクラブにも行ってないんだろう。みんな心配してるぞ」

「それは、どうしても足が向かなくて……」

「じゃあ、運動でもしたら？」

「運動と言われても、僕、何をしたらいいのか分からないし……」

「何も考えずに大文字山に登れ。なんならそのまま山を抜けて琵琶湖《びわこ》まで行って来い。歩いている間は何も考えずにすむ」

「そんなことしたって疲れるだけで何にもなりません。僕にはいろいろやらなくちゃいけないこともあるし」

「そのまま籠もってると本当におかしくなっちまうぞ」

湯島は黙った。

「とにかく部屋から出て、大文字山へ行け。それが一番いい」

私は言った。

その日は、湯島は大人しく帰って行った。

私はしばらく苦々しい思いを噛《か》みしめつつ、私に相談する前に大学へカウンセリングに行けと言えば良かったかと思ったりもしたが、湯島はそう言いきかせても行くまい。そもそも大学構内に自力でたどり着けるぐらいならば苦労はない。まだしも大文字山の方が救いになるかもしれない。

それにしても、なぜクラブ在籍中はそんなに話もしなかった私が、彼の悩みごとを聞いているのか。

下宿で悶々としているうちに、私もどこかへ出かけて、湯島から背負わされた鬱屈《うっくつ》した思いを振り払わねばならぬと思いだした。

私はビデオ屋へ出かけることにした。

○

世の中に我々ほど禁欲的な生活を営む若者は少ない。享楽《きょうらく》的生活に溺《おぼ》れることが経済活性の要《かなめ》としてむしろ奨励される世の中にあっては、我々のライフスタイルはむしろ非難されて然《しか》るべきだろう。我々の存在によって発生する経済効果は、冬眠熊《ぐま》の経済効果とほぼ等しい。しかし私は誇りを失わず、世人の非難と対峙《たいじ》してゆく所存である。

禁欲的生活。

この言葉を聞いて、まず思い浮かぶのは、かつての僧坊であるが、そんな彼らも禁欲的生活を維持するために様々な手を弄《ろう》した。ためしに手を弄することを止《や》めてみれば、とたんに世界は輝きに満ち、あまりにも眩《まぶ》しすぎてそれはもはや正視に堪えず、上求菩提下化衆生《じょうぐぼだいげけしゅじょう》などと言ってはいられない。かえって手を弄することに夢中になって、本道を忘れる者もいたろうが、我々は彼らの轍《てつ》を踏むことは避けたいと願っている。あくまで理性を保ち、我々がジョニーを支配するのだ。決してその逆ではあってはならない。

この美しくも涙ぐましい禁欲的生活を支えるために、欠くべからざるものがビデオ店である。隙《すき》あらば理性の頸木《くびき》を逃れようとするやんちゃなジョニーの御機嫌を取り、つねに静謐な心を保つためには、連日のごとく新鮮な具材が必要だ。

かつては自己処理に伴う思春期特有の罪悪感にまつわりつかれ、夜ごと枕《まくら》をしとどに濡《ぬ》らし、下半身でふてぶてしく微笑《ほほえ》むジョニーに「おまえはどこまで行く気なのだ」と力なく問いかけたこともあったろう。しかし理性的人間として冷静に世界と対峙してゆくためにはそんな自己嫌悪に浸っていられぬと豁然《かつぜん》大悟したのは一回生の秋、現在ではまったく抵抗がない。少しでも手を休めれば、この下克上《げこくじょう》の時代、いつなんどきジョニーが理性に取って代わるか分かったものではない。そうなれば私は深夜の木屋町を踊り狂って「あっほう」「あっほう」と奇声を発し、道行く女性の懐《ふところ》に見境なく恋文をねじ込む羽目になるであろう。

世界平和のためには我々一人一人が責任を持って荒ぶる魂を鎮《しず》めねばならぬ、社会に生きる者の義務とは言えつらいことだと嘆きながら、禍々《まがまが》しい生殖本能の矛先をそらすために培《つちか》われてきた膨大な作品群を前にして私は右往左往し、各コーナーに高らかに響き渡るY染色体の哄笑《こうしょう》を聞き、そして割合まめに新作をチェックする。

水尾さんと付き合っていた頃、理性のお留守を狙《ねら》ってジョニーが台頭し、とんでもない我が儘《まま》を言い出した。私は反抗期の子供に言い負かされる父親のように、ジョニーを力なく叱《しか》るばかりで、その暴れん坊ぶりには手を焼いた。まことに理性を失うということは恐ろしいことであり、当時の錯乱ぶりを事細かに描いたところで、読者にも私にも無益であろう。そういう面白くもない恥を晒《さら》して、なにごとか重大事を告白した気になるのは愚かしいことだ。したがって、私と彼女のヴィタ・セクスアリスについて書くつもりは毛頭ない。あらかじめ、記しておく。

○

ともあれ。

その日も私はビデオ屋で美しき女人の新作チェックに余念がなかった。哀《かな》しいことに愛車「まなみ号」がどこか遠くへさらわれてしまったので、ビデオ屋へ来るのもひと苦労だが、私は紳士の義務を厭《いと》うような責任感のない男ではない。むしろ、かくのごとき逆境にあってますます荒れ狂う内的野獣の手綱《たづな》を引き締めるためには、なお一層紳士であらねばならぬと言えよう。

そんなことを考えながらも、私は油断なく周囲に気を配り、知人に会わないように用心していた。いかに社会平和の礎《いしずえ》を築くためとは言え、紳士たるもの大っぴらに宣伝すべきことでもないからである。

しかし、延々と連なるビデオ棚のどこかから、誰かが私を見ているような気がした。内なる野獣調伏《ちょうぶく》用のビデオを選んでいる男の姿ほど見るに耐えないものはなく、むしろ一生見ないですむものなら見ないですませたいものだ。それを好き好んでじっくり鑑賞する人間もいないだろうと思ったが、その強烈な視線は振り払いようがなかった。

私は視線の源を探したが、どこまでも桃色の迷宮が続いているばかりで、その視線の正体は分からなかった。

○

その年、クリスマス迫る二週間ほどの京都の冷え込みは、筆舌に尽くしがたいものがあった。身も心も凍るとは正にこのことだと思いながら、私は下宿の貧相なドアを挟んで冬将軍と押し合いへしあいをして暮らした。少し気を許すと、ちょっとした隙間から冬軍曹や冬二等兵が入り込んできて、氷の銃剣で私の身体《からだ》をちくちく刺すので、私はメーターが半狂乱で回るのも厭わず、電気ヒーターをがんがんつけて彼らを追い払わねばならなかった。

外に出れば、こめかみがひきつるほど寒かった。顔全体の皮膚が小さくちぢんで、どうしてもこめかみ付近で足りなくなるらしい。ちょっと針でつつけばぱちんと顔がはぜてしまうのではないかという恐ろしい想像をして気味が悪くなり、その想像を克明にメールに書いて飾磨に送りつけた。

気象予報士は二月初旬の寒さだと言っていた。この調子で寒くなってゆけば二月本番には昭和基地の風呂場《ふろば》なみに寒くなるに違いない。氷河期が近いのだろう。このまま現代文明は氷山の中へ閉じ込められ、我々はかまくらの中で餅《もち》を焼きながら氷河期が終わるのを待つ羽目になる。

凍りついた街路に立つたびに、私はクラブの友人のことを思い起こした。

彼は寒風吹きすさぶ真冬でも秋物しか着なかった。時には軽々とTシャツを着こなし、着膨れした我々の心胆を寒からしめた。彼の血液にはエチレングリコールが含まれているというもっぱらの噂《うわさ》だった。田中大久保町《おおくぼちょう》にあった彼の下宿は夏でも凍りつくほど冷やしてあって、遊びに行った人間は一時間で凍死しかけ、薔薇《ばら》の花も凍り、バナナで釘《くぎ》が打てたという。冬将軍は彼の下宿からやって来ると言われていた。

しかし、そんな彼も就職して東京へ行ってしまった。哀しいことである。毎日社員寮から本社まで満員電車に揺られているはずだ。満員電車の暑苦しさは、彼には耐え難いであろう。

氷河期に生まれていれば、彼はヒーローになれたろうと思う。毛皮を腰に巻き、颯《さっ》爽《そう》と氷河の上を走って行く彼の姿は勇ましい。考えてみれば、世間は生まれる時代を間違った人間でいっぱいである。私もまた、そうだ。

私はもっと評価される時代に生まれるべきだった。彼らは間違っていて、私こそが正しい時代。そんな時代に生まれていれば、向かうところ敵なし、アッと言う間に人心を掌握し、酒池肉林で自由自在、銀行預金は見る間に膨れ上がり、やがてはゴルディオスの結び目を一刀両断にして、アレキサンドロス大王にも不可能だった世界征服への梯子《はしご》を駆け上がれたというのに……。

そんな妄想を弄《もてあそ》びつつ、私は京都の冬の日々を一日一日と刻んでいた。

○

飾磨からメールが来た。

「弘前《ひろさき》大学に行ってた小学校時代の親友と十一年ぶりに再会した。彼は京大の助手の内定をもらい、しかもこの春入籍する可愛《かわい》い奥さんまで連れていた。

という夢を見た。

夢玉の『気の合う女性』の件が、思った以上に俺の心の肉球を傷つけたようだ。己《おの》が未完成の魂を恥じる」

傷つくのも恥じるのも好きにすれば良いが、「調査の件はどうなったのだ」と私は思った。

○

農学部の研究室を逃げ出してこの方、私は宅配寿司屋《すしや》で週に数回働いていた。労働によって大学では学べない何か大切なことを学び、人間としてひと回り大きくなるためであったなどと思ってはいけない。たんに金を稼ぐためである。私のような人間が労働から学ぶことなど何もない。

とは言え、店を切り盛りする店長とその奥さんに感謝の念がまったくないというわけではない。ここまで読んだ読者にはお分かりのことと思うが、私はこだわりの男である。こだわり過ぎて前に進めないということが往々にしてある。つまりは機転がきかない。私は自信をもってこれを美質と捉《とら》えているわけだが、これまた往々にして、個人が美質だと思っているものは世間から言わせると愚質となる。にもかかわらず、開店以来十年になるこの宅配寿司屋の店長と奥さんは、私の愚質をにわかには信じられないほど鷹揚《おうよう》に受け容《い》れた。日本全国津々浦々探し歩いても、他の店ではこうはいくまい。見上げた心意気と言うことができよう。まことに店長の恩は山よりも高く、奥さんの恩は海よりも深い、そこまで言えば嘘《うそ》になる。

仕事の内容は皿洗いから寿司作りまで様々だが、大半は宅配である。私は寿司を載せた不格好なバイクにまたがり、京都の町を東奔西走していた。おかげで京都のごちゃごちゃと入り組んだ町並みに関する知識がみるみる豊富になった。今の私はどこにでも、もぐり込む自信がある。

場所柄、大学からの注文も多く、学生としてではなく寿司配達人として大学の門をくぐるたびに、私は妙な気分になった。

クラブ時代の熊田《くまだ》先輩がいる理学部の研究室へ寿司を届けて、「おまえ、大学行けよ」と説教されたが、「あんたに言われたくはない」と腹の中で思ったりした。熊田先輩は、二回生の頃に取得した単位が通年でわずか四単位という豪の者であった。その一年間、何をしていたのか全くの謎《なぞ》に包まれているが、辛うじて取得した四単位は何だったのかということの方がより一層解きがたい謎である。ともあれ、今や大学院にもぐりこむことに成功したからと言って、自分のことを棚に上げるにもほどがある。

医学部には「才色兼備」といった感じの女子学生が多くて、白衣に身を包んで颯爽と研究に打ち込んでいたが、そこに寿司を運ぶたびに、大学から自主追放の憂《う》き目にあった私は、何だかマゾヒスティックな快感を味わったりもした。

たんに寿司を運ぶだけと言っても、いろいろ複雑な味わいがあるものだ。

○

携帯電話からの注文が入って、それがやや意味不明であった。相手は女性で、田中東春菜町の一角にいるらしいのだが、少々入り組んだ場所らしい。廃墟《はいきょ》になったビルの脇《わき》から奥に入って来てくれと言う。

「なんじゃそりゃあ」

私が注文を通すと、店長は首をかしげた。そうして、せっせと軽快な動きで寿司を握り始めた。

寿司をバイクに乗せて走りながら、私は配達先に想《おも》いを馳《は》せた。

廃墟ビルの奥まった一角というのは何やら怪談じみている。薄暗くて、もうもうと埃《ほこり》の積もった正体不明のがらくたや段ボール箱が詰め込まれた部屋があるのだろう。その奥に私が身を押し込めて行くと、床に黒光りする古風な電話機が置かれてある。ぼろぼろに腐ったカーテンの隙間から弱々しい光が差し込んでいることであろう。電話機の隣りに硝子《ガラス》の金魚鉢があって、ちょうど消費税をそえた寿司代が入っている。私は「すいません」と人を呼ぶが、返事はない。私が料金を手に取ろうとして身をかがめると、積み上がった段ボール箱が突然崩れる。その向こうから青白くぼうっと輝く骸骨《がいこつ》がびょおんと飛びだして来て、私の身体を抱きしめる。そうして床に落ちた寿司は乱れてぐしゃぐしゃになるのだ。「廃墟ビルに寿司配達に行ったまま戻らなかった店員」という新たな都市伝説が生まれることになるだろう。

指定された廃墟ビルに辿《たど》り着くと、あまりにも想像と同じだったので、私はいよいよ驚いた。つい近所にこんな不気味な場所があるとは知らなかった。板が打ち付けられた正面玄関の脇には草が汚く伸びている。建物を見上げると、みすぼらしく段ボールを当てた窓硝子がところどころ割れていた。もののけがふいに暗い窓から微笑みかけてきても、思わず当然のごとく手を振り返してしまいそうな不気味さと言うべきか。

廃墟ビルの右隣には古い二階建てのアパートがある。その隙間《すきま》を覗《のぞ》き込むと、たしかに人一人通るのが精一杯の路地が伸びている。雨を吸い込んでぶくぶくに膨れ上がった雑誌や泥まみれの機械部品を踏みしめながら、私は奥へ入り込んだ。

路地の中は薄暗かったが、やがて明るい庭に出た。

そこは廃墟ビルの中庭にあたるらしく、西向き三方を荒廃した建物が取り囲んでいた。ところどころ雑草が伸びたブロックが地面に敷き詰められていて、その広場の真ん中に一人の男が頭を押さえて弱々しくしゃがみこんでいた。正面の一階から身を乗りだした女性が大げさな身振りをして、中庭にうずくまる哀れな男に温州蜜柑《うんしゅうみかん》を雨あられと投げつけている。ぽうんと男の頭で跳ねた蜜柑が、私の足下まで転がってきた。私は寿司を抱えたまま啞然《あぜん》とせざるを得なかった。

広場のすみには数人の男女が立っていた。古風なカメラをのぞいている者もいる。そのうち一人の女性が私に気づき、にこにこ微笑《ほほえ》みながら駆け寄ってきた。

「どうもありがとうございまーす」

彼女は言った。

「映画ですか？」

私は尋ねた。

「ええ。ちょっと」

彼女ははにかんだように笑った。それから振り返り、「先輩。お寿司来ましたあ」と言った。

それまで傲然《ごうぜん》と腕を組んで、演技者たちを眺めていた男が振り向いた。あろうことかその男は、先日、水尾さんのマンションの前で「警察を呼ぶぞ」と私を罵倒《ばとう》した男だった。そのちんけな顎髭《あごひげ》は忘れようがない。

我々はお互いに相手に気づいたが、ほんの一瞬軽蔑《けいべつ》の視線を交差させただけで、あとは気づかないふりをした。彼は「払っておいて」と言って女性の手に千円札を数枚渡し、歩み去った。それから、まるで今は高尚な芸術活動に夢中で寿司なんぞに関わり合っている暇はねえんだよ俺にはとでも言うかのようにことさら薄い眉毛《まゆげ》を寄せて難しい顔をし、丸めていたシナリオらしきものにこちょこちょと書き込みを始めた。私に金を支払って寿司を受け取ってくれた女性は朗らかで親切だったが、彼から金を渡される瞬間に彼女が彼を心の底から尊敬しているらしい風情《ふぜい》が漂っていたので、私は哀れに思った。あんなつまらぬ男を崇拝しても良いことはありませんよ、むしろ私を尊敬した方がマシですよと言ってやりたくなったが、謙譲の心を忘れてはなるまいと思いとどまった。

「どうもありがとうございます。またどうぞ」

ことさらにきんきんと反響する声で私は言って、その廃墟のビルを後にした。

バイクで店に戻りながら、やつが傲然とふんぞり返って作っている映画について考えた。おそらく不必要に難解で、ちぐはぐな安い幻想がちりばめられ、ストーリーは意味不明、木屋町を流れる高瀬川なみに底の浅い映画に違いない。私はそう決めつけた。鈴木清順《せいじゅん》か寺山修司にでもなりたいのかオマエはと言いたくなるような映画であろう。念のためにつけ加えておくが、鈴木清順や寺山修司を馬鹿《ばか》にしているわけではない。鈴木清順や寺山修司になりたがって失敗し、なんだか恥ずかしい妙な案配になっている若者を馬鹿にしているのである。その点を取り違えてはいけない。

店に戻ると、

「どうだった?」

と店長が言った。

私は右頰に深い苦笑を浮かべ、頭を振った。

○

バルザックの膨大な作品群は、珈琲《コーヒー》の大河から生まれたという。それほど彼は珈琲を大量に飲んだ。誰が言ったか知らないが五万杯だそうである。彼は色々な場所へ珈琲沸かしを持ち歩いては、自分で沸かしてのべつまくなし飲みまくった。その珈琲はブルボン、モカ、マルチニックという三種類の豆の絶妙なブレンドから成っていたらしいが、その配合の割合については知らない。知りたいような気もする。それをがぶがぶ飲めば、傑作を怒濤《どとう》のごとく書くことができ、そして借金の泥沼に溺《おぼ》れてがぶがぶあえぐことになるであろう。

私は一日に四、五杯の珈琲を沸かして飲む。通人ぶって独自のブレンドを開発するようなことはしないが、それでも珈琲をコンビニで買ってくるというのでは、いかにも面白みがないから、私は銀閣寺の近くで見つけた小さな珈琲豆屋で、豆を挽《ひ》いてもらうことにしていた。その帰りに大文字焼きを買って帰るのもささやかな楽しみだった。

その店は道に面してカウンターがあるだけの二畳ほどの店だった。痩《や》せたお姉さんが店番をしていた。彼女は美人ではあったが、つねにぷるぷる微細に震えているような、精神的危うさを感じさせる人だった。

彼女は人に接することが嫌いで、珈琲豆をがりがり機械にかけるときだけ心安らぐ人である。数ヶ月前から、彼女の欲望は珈琲豆だけでは満たせなくなり、対象はより大きなものへと変化して来て、やがて柔らかい小動物がきいきい悲鳴を上げるのをがりがり粉微塵《こなみじん》にしては夜な夜な歓喜の笑みを浮かべるようになったのだった。

などと、私は店先で勝手に妄想し、勝手にぷるぷる震えていたりしていた。そうやって私がぷるぷるしているうちに珈琲は挽き終わる。彼女は珈琲を手渡してくれ、おまけのキャラメルを優しく手渡してくれたりする。私は微笑みつつ受け取り、こんなキャラメルで俺を籠絡《ろうらく》し、機械にかけてがりがりしようったってそうはいかんぞと心の中で固く決意したりして遊ぶのだった。

そういう秘めやかな妄想的逢瀬《おうせ》を、私は一年以上も楽しんでいた。

その日の夕刻、「あの男」との予期せぬ出会いですっかり気分を害した私は、ささくれ立った心をくるりと丸めるべく、二週間ぶりに珈琲を買いに出かけた。すると小さな珈琲豆屋はなくなって、別の店に変わっていた。

栄枯盛衰は世のならいとは言え、あの繊細そうなお姉さんのささやかな店をも押し潰《つぶ》してしまうほど、世の荒波とは激しいものなのか。あのお姉さんは何も悪いことはしていない。ただちょっと間違った方向へ欲望が向いて、少しばかり小動物をがりがりしてしまっただけではないか。それなら私はどこで珈琲を買えばよいのか。脆《もろ》く繊細な精神を抱えた粉砕好きと思われるお姉さんがやっている珈琲豆屋など、この先一生見つかるまい。ただでさえ環境に優しい隠遁《いんとん》生活を送っている私から、こんな小ちゃな楽しみすら奪いたもうとは、北白川天神は天罰帳簿を見間違われたのではないのか。

店先にさしかかって、中を覗き込むと、輸入食品が並んでいた。「舶来崇拝の時代は去れり！」と叫びたくもなろう。だが、なにより私の度肝を抜いたのは、缶詰や瓶詰めに囲まれて店番をしているのが海老塚《えびづか》先輩だったからである。

私はくるりときびすを返して、ほうほうの体で逃げ出した。先輩と私の間に起こった様々な確執の記憶が蘇《よみがえ》ってきた。

ああ、海老塚先輩。

「生きていたのか！」と私は思った。

○

海老塚先輩は、私の所属していた某体育会系クラブの一年先輩である。

入部した当初から、彼と私の間には日本海溝なみの溝が存在しており、いかにしても乗り越えられそうもなかった。彼は男の中の男を目指して熱い血潮を無意味にたぎらせているタイプであって、彼が会話の輪の中に入ってくるだけで気温が五度は上昇した。私のような人間と彼のような暑苦しい人間がぴったり来るわけがない。当時はまだ飾磨《しかま》もクラブに在籍しており、我々は揃《そろ》って海老塚先輩から軽侮の視線を浴びせられた。そして我々もまた先輩を蔑視していた。

古く暑苦しい「男の美学」が、先輩のすべてであったろう。もはや世人は一顧だにせず、かといって惜しまれる古い美質というようなものでもない、どこでどうやって拾い集めてきたのかわからない男の美学の断片を丁寧に収集し、もって自我の安定を図っていたのである。我々のような理性的人間には、それが明らかに変態の所業に見えた。

まず、先輩の世界では、大酒が飲めなければ男ではない。酒が飲めない人間を、先輩はあたかも虫けらのごとく扱った。宴会ともなれば、我々は先輩の視線に留まらぬように右往左往して逃げ回らねばならなかった。よく先輩に目をつけられる不幸な星のもとに生まれた井戸は、便所に立てこもって出てこなかったりした。鴨川《かもがわ》デルタで行われた宴会では、何度先輩を鴨川に突き落としたいと思ったか知れない。アルコールハラスメントなんぞどこ吹く風、先輩はあたかも戦車のごとく、酒の飲めない人間を押し潰して進んだ。これは世の正しい酒好きたちに対する侮辱である。「せっかくの酒を、飲めない人間に飲ませるなど愚の骨頂」と高藪《たかやぶ》は言い、一升瓶を抱え込んでいたものだ。

続いて、激辛志向がある。辛いものが喰えない人間を、先輩はあたかも虫けらのごとく扱った。ラーメンもカレーもつねに激辛である。飾磨は「辛いということは舌の細胞が死んでるんだ。可愛《かわい》い細胞たちの断末魔の叫びだ。悪趣味きわまりない」と言って、先輩の激辛志向を嫌った。我々は、先輩が胃に修復できない大穴を開ける日が来ることを願った。たんに激辛が好きならば、我々が口を出すようなことではない。

しかし先輩の場合、まず「強い男は激辛を食べねばならぬ」という美学がまず念頭にあり、その美学を達成するためにひいひい言いたいところを我慢して無理矢理詰め込むという感じで、それがひどく醜かった。これは世の正しい辛いもの好きたちに対する侮辱である。

あるいは煙草《たばこ》のことがある。先輩は肺が一瞬でどろどろになりそうなほど強烈な煙草を吸わねば我慢ならなかった。フィルターつきのゆるい煙草を吸うような人間を、先輩はあたかも虫けらのごとく扱った。フィルター無しの煙草を、先輩はあたかも見せびらかすかのように吸うのである。私は煙草好きだが、わざわざ強烈な煙草を吸って見せびらかすこともあるまいと思っていた。人それぞれにほどよく楽しむのが嗜好《しこう》品《ひん》というものであろう。先輩のやり方は、喫煙文化に対する冒瀆《ぼうとく》である。

そのほかにも色々な美学があって、先輩はそれらの美学にがんじがらめにされたまま、憤怒《ふんぬ》の形相で日々を生き抜いていたらしく思われる。

先輩は坂本龍馬《りょうま》を崇拝していた。「この世に生を享《う》けるは事を為《な》すにあり」と、がながあ言い立てていたが、まず何事も為せないことは明らかであった。坂本龍馬は立派かもしれないが、坂本龍馬を崇拝する人間が立派なわけではない。「龍馬祭」などと称し、ときどき模造刀をふりまわす先輩を眺めつつ、我々は言いようもない憎しみと哀《かな》しみを味わったものである。二回生の半ば頃から、先輩を眺めることはやや自虐《じぎゃく》的な快感に変わりつつあったが、かといって先輩を敬愛するという風にはならなかった。

私が三回生の初夏を迎えるまで、そうして時は坦々《たんたん》と移ろったわけだが、やがて水尾さんが入部して来た。そうして、私と先輩の間に思い出したくもない歪《ゆが》んだ確執が生まれることになる。

○

飾磨、かく語りき。

「ここに緑の牧場があると思ってくれ。ぐるりと柵《さく》で囲った中にたくさんの羊がいる。何も考えずにのうのうと草を食べてはごろごろして、それで結構幸せなやつもいる。俺は本当に羊なのだろうか羊ではないのではないか羊ではない自分とは何者なのかと不安になって呆然《ぼうぜん》としているやつもいる。柵の外へちょっと足を出して、また戻って来ては、『俺さあ、実は外へ出たことがあるんだぜ』と得意になって吹聴《ふいちょう》しているやつもいる。それを感心して聞いてるやつらもいる。柵の外へ出たまま、どこかへ行ってしまったやつもいる。そのたくさんの羊たちの中に、一人でぽつんと立っているやつがいる。そいつは自分が羊であることが分かってるし、じつは恐《こわ》がりだから柵の外へ出ようとは思わないし、かといって自分が幸せだとも思ってない。ぱっと見るだけなら、そいつは他の羊とあまり変わらないように見えるだろう。でもよく観察してみると、そいつはひたすら黙々と、すごく凝った形のうんこをしているのだ。確かにそれはただのうんこだ。でもひどく凝った形だ。とは言え、やっぱりただのうんこだ。そして、その羊が、俺だ」

○

飾磨は、病弱に見える女性と毅然《きぜん》とした女性に眼がなかった。

無論ストイックな飾磨のことだから、はたからひっそりと眺めることができればそれで満足している。彼は中央食堂のレジの有田さんとか、ケンタッキーフライドチキンの三田村さんとか、バプテスト眼科クリニックの仁川先生とか、注目に値する女性の居場所を網羅した分布地図をつねに頭の中に携帯していた。それは判例と法理に明け暮れる彼の大切な息抜きであった。

中でも下宿の近所にあるコンビニでアルバイトをしている法学部の女性に御執心であったが、どうも彼女はコンビニや法学部ですれ違う飾磨の熱い視線に気づいたらしい。「俺の姿を見かけると、彼女は明らかに警戒するようになった」と飾磨は言い、最近では街中で彼女に出会ってしまうことを、喜ぶよりもむしろ恐れるようになっていた。そんな風に果てしなく不毛な事態に陥り、にっちもさっちも行かなくなっている飾磨を見るにつけ、やはり我々の指導者は彼をおいて他にないという思いを新たにする。

その日の報告は北白川のケンタッキーで行われた。ケンタッキーには飾磨のお気に入りの三田村さんがいる。私が店内に入ると、レジの向こうにいる彼女が微笑《ほほえ》みかけてくれたが、その顔は少しやつれて見えた。店はすでにクリスマス用鶏肉《とりにく》の予約受付が始まっていた。

飾磨はテーブルに分厚い法律書を広げて、仏頂面《ぶっちょうづら》をしていた。店内にはクリスマスメロディーが絶え間なく流れており、温かい冬だの大切な人だの一家団欒《だんらん》の幸せだの恋人と過ごすイブだの幸せは予約できるだの、我々を責めさいなむ欺瞞《ぎまん》に満ちた言葉が濃密にたゆたっていた。「ほとんど拷問《ごうもん》だ」と彼はうめいた。ならば場所を移せば良さそうなものだが、彼はクリスマスファシズムに屈しないことを堅く決意しており、日夜孤独な戦いを続けているのである。そんな無理を押し通すから、クリスマス当日に熱を出して寝込む羽目になる。私は彼の身を気遣った。

「三田村さん、また痩せたんじゃないか」

私はレジの向こうで立ち回る三田村さんに目をやりながら言った。

「だいぶ苛《いじ》められているようだ」

「ああ。日に日にひどくなる」

「何もかも義父が悪い。母親も、もう少し何とかしてやれないのか」

「彼氏もタチの悪い男だからな」

「可哀相《かわいそう》に」

「まったく、ひどい話だ」

我々はそうやって三田村さんの身の上に思いを馳《は》せ、アメフトをやっていたというサディスティックな彼氏を罵倒《ばとう》し、胡散臭《うさんくさ》い義父に対して憤《いきどお》りを募らせた。

三田村さんは家計を支えるために日夜仕事にせいを出し、結局半年ほど前に大学も辞めてしまった。それというのも、義父が大酒を飲むうえに何かと浮ついた仕事に手を出すばかりで真面目《まじめ》に働こうとしないからだ。しかし彼女はそんな家を見限ることなく、母親と協力してこれを支え続けている。義父は暴力を振るうこともあるし、あまつさえ義理の娘に手を出そうとしたりする。おまけになかなか縁を切ることができないマッチョな彼氏のほうは、日々荒々しい変態性欲に駆られて彼女を追い回す。じつはこの男、我々にまったく無関係というわけでもなく、かつて飾磨と決闘したことがあって、彼が今のように歪んだ性格になった責任は飾磨にもあるのだ。ともかく、そんな日々を彼女は果敢に生き抜いている。これは暗黒版日本婦道記かと言いたくなるほどに無惨《むざん》にも健気《けなげ》である。そんな彼女の暮らしを想《おも》うにつけ、我々はますます深く心に痛手を負い、彼女が幸せに暮らせる日々が早く来ることを願うのだったが、どれだけ我々が全身全霊を込めて彼女の幸福を願っても、彼女自身は大きなお世話だと言うだろう。毅然と生きる彼女は哀れみを受けることを潔《いさぎよ》しとしないだろうし、第一、そんな義父も彼氏もいないからだ。

我々は二人で頭をつき合わせては、容赦なく膨らみ続ける自分たちの妄想に傷つき続けて幾星霜、すでに満身創痍《そうい》であった。そうして我々は「世の中腐ってる」と嘆くのだったが、正直なところ、時には、世の中が腐ってるのか我々が腐ってるのか分からなくなることもあった。ともかく、我々の日常の大半は、そのように豊かで過酷な妄想によって成り立っていた。

かつて飾磨はこう言った。

「我々の日常の九〇パーセントは、頭の中で起こっている」

〇

飾磨はプリントアウトした例の写真をテーブルに置いた。

報告によると、その男の名前は遠藤正。私の読み通り、水尾さんと同じ法学部のゼミに属する三回生であった。評判は可もなく不可もなくといった案配である。女性と付き合ったこともあるが、別れている。自主制作の映画を撮っている。なぜそんなことが分かったのかと尋ねると、講義で本人と接触したと彼は言った。やるとなれば徹底してやる男だと感服した。彼は煙草を吸うとなれば各種銘柄のフィルターを分解して、構造上の相違点を分析しようとさえする男である。

遠藤の存在を確認した飾磨は、遠藤が彼女と接触する機会を窺《うかが》おうと思い、何度か彼のあとをつけてみた。遠藤は大学の講義が終わるとしばらく本屋や生協を回ってから、たいていは吉田《よしだ》神社の近くにある下宿に戻った。時折、映画製作の仲間とつるんで出かけたりしている。

わりと単調な生活と思いきや、ある日、じつにヘンテコな事態が出来《しゅったい》した。

遠藤は下宿に戻るまえに白川通りを北上した。初めてのことだったので、飾磨は勇躍してあとをつけた。遠藤にくっついて上池田町の住宅街を抜けて進んでいくと、やがて山中越えの脇《わき》に不吉な姿を見せたのは、飾磨もおなじみの私の城塞《じょうさい》である。遠藤は帽子を深くかぶり、下宿の玄関から数メートル離れたところを行ったり来たりした。飾磨は近所の寺の門にかくれ、注意深く遠藤を観察した。やがて私が下宿からのっそりと姿を現し、別当交差点のほうへぶらぶらと坂道を下って行った。遠藤はくるりと自転車を回し、私の後をつけはじめた。そして飾磨は私の後をつける遠藤の後をつけた。

「君は高野のビデオ屋へ行った。あのとき、君がじっくり検討していた新作ビデオ棚の向こう側には遠藤がいて、遠藤の背後には俺がいた」

「え、え、え」

ならばあの日、桃色の迷宮の向こう側から感じた視線は、遠藤と飾磨のものであったということになる。

「君がどんなビデオを借りたか、どのようにして内なる野獣を鎮《しず》めようとしたか、そこらへんの問題は紳士的に見なかったことにしておこう。本当は見たけどな」

「紳士的にやってくれ」

「君はビデオ屋を出たあと、高野の交差点にあるドーナツ屋に入ったが、これがじつに似合わなかった。健全な若者向けの明るくてオシャレな店舗が台無しだ」

「いらんことは言うな」

「君は下宿に帰った。遠藤は北白川別当の交差点まで君をつけたが、そのまま下宿に帰った。それで終わりだ」

飾磨はにやにやと笑った。

私は煙草に火を点《つ》け、珈琲《コーヒー》をすすった。夕方なので店内にはあまり人影はなく、飾磨と同じようにテーブルに参考書を広げ、音楽を聞きながら猛然と勉強している男が一人いるだけである。私はしばらく思案した。何ら被害を被《こうむ》ったわけではないが、ひどく不愉快な気分だった。

「やつめ、どういうつもりだ？」

私は呟《つぶや》いた。

「さあな。君に惚《ほ》れてるんじゃないのか」

飾磨は言った。「これで君も、つけられる人間の気持ちが分かったろう」

人のことは言えまいと私は思った。

飾磨はガラス越しに白川通りに眼をやった。つられて眼をやると、雪が降り始めていた。数人の女子大生が嬉々《きき》として空を見上げながら歩いて行く。今年はホワイトクリスマスになるのではないかという不吉な予感がした。

「あと一つ、気になることがあるんだが」

彼はふいに呟いた。

「なんだ?」

「まあ、いい。はっきりしてから言おう」

○

「前回も警告させて頂きましたが、彼女に対するいやがらせが続くようであれば、我々は法的手段に訴えることになります。そのような手段を出来る限り避けたいという我々の希望を考慮され、今後このような行為を中止されるようお願い致します。彼女はもはや、貴殿に対して何ら特別の感情を抱いておりません。其《そ》の点に関しましては、昨年に話し合った際に双方納得したものと彼女は考えており、貴殿がこのような行為に及ばれることを大変残念に思っているということを付け加えておきます。

　同じ男として、貴殿の内面は想像に難くありませんが、学生とはいえ、我々は自己の行為に責任を持たねばならず、他者に対して不当な行為に及んだ場合には法の裁きを受けるべきです。くれぐれも愚かな行為は慎まれ、より有意義な生活へ向かわれることを願います。(無署名)」

私は手紙を書くのが好きであって、九州にいる高校時代の友人へ、読むのに一晩かかるような大作を送りつけて大層煙たがられていた。

かつて水尾さんに理性を奪われていた時代、私はまるでベストセラー小説家にでもなったかのように連日のごとく彼女へ手紙を書いた。誕生日に手紙を書き、クリスマスに手紙を書き、ヴァレンタインに手紙を書いた。謝罪の手紙を書き、怒りの手紙を書き、お涙頂戴《ちょうだい》の手紙を書いた。実家からも手紙を書き、留学したロンドンからも手紙を書き、阿呆《あほう》のように書いて、書いて、書き倒した。彼女の部屋は古紙集積所のごとき有様になったと言う。愚かしいことだ。何をそんなに書いたのか、まったく記憶にない。もし覚えていたら、恥ずかしさのあまりこう暢気《のんき》にしてはいられまい。すぐさま叡山《えいざん》電車に飛び乗って、貴船《きぶね》あたりへ落ちのびることであろう。

遠藤から失礼極まる手紙が届いたので、私はさっそく返事を書くことにした。書き始めると興に乗って、すらすらと書いてしまった。

「貴殿からの警告文を拝読致しました。小生、法律に関する詳しい知識を持ち合わせず、もとより法学部生として刻苦勉励されている貴殿に及ぶべくもありません。しかし、ここで明確にしておかねばなりませんが、私はもはや彼女に対して何ら特別な感情を抱いておらず、昨年の話し合いによって双方納得したという点で、彼女と見解を同じくするものであります。それどころか、彼女という桎梏《しっこく》から解き放たれたことを僥倖《ぎょうこう》と心得ていると言っても過言ではありません。したがって私の行動に関する貴殿の理解は、とうてい正確ではないと言わざるを得ないでしょう。かような当て推量によって私という存在を一方的に断罪するのは不当であります。

また、貴殿が私を尾行するという行為に及んでプライバシーを侵害しているとの忠告を、親切な友人から受けました。貴殿が私の行為を歪曲《わいきょく》して理解し、それを不当なものと考えるにしても、その不当なる行為に対して不当なる手段をもって報復することは貴殿の倫理では許されるものなのでしょうか。貴殿が法律を学ばれているということを知るにつけ、私は将来の法曹界に対して深甚《しんじん》なる不安を抱かざるを得ないのであります。

あるいは、明らかに行き過ぎた貴殿の行為の陰には、私への好意が存在するのではないかと想像します。確かに私が魅力的な男であることは認めますし、男女を問わず惹《ひ》かれる人間が現れることもありましょう。しかし少なくとも私に関する限り、貴殿の愛に応《こた》える自信はありません。いかに愛情が深くとも、越えられない溝もまた存在するのです。恋愛とは所詮《しょせん》一過性の精神錯乱であり、そのようなものに振り回されるということの愚かさをそろそろ理解なさってはいかがでしょうか。それができないと仰《おっしゃ》るならば、深く傷つく前に、私以外の人間を選ばれることをお勧めします。申し訳ありません。貴殿のお気持ちはたいへん嬉《うれ》しいのですが、くれぐれも愚かな行為は慎まれ、より有意義な生活へ向かわれることを願います。(無署名)」

○

手紙を投函《とうかん》した翌日の午後二時である。

私は長すぎる睡眠から眼を覚まし、煙草《たばこ》を一服吸ってから、朝食を調達するために近所のパン屋へ出かけようとした。そのパン屋は下宿から歩いて三分ほどの路地にあり、こぢんまりとした可愛《かわい》い店である。ここ数年、私はソーセージを挟んだ焼きたてのフランスパンと、クリームパン、そして珈琲という食卓がなければ何も手につかない。部屋を出る前から、ぱりぱりと音を立てそうなパンの香ばしい匂《にお》いが鼻先をかすめた。

パンの香りを夢見ながらドアを開けようとしたが、ノブを回しても、ドアはいっこうに開かない。身体《からだ》をぶつけるようにして押すと、めりめりと嫌な音がする。

開かないドアを前にして、私は腕組みをした。私が長い学生生活の大半を部屋に籠《こ》もって過ごしてきたのは、部屋に籠もって過ごさざるを得なかったからではなく、あくまでその生活形態が自らに資するものと考え、自由意志によって選び取ったからである。部屋に閉じ込められても何ら困ることはないが、自由意志で不自由を選ぶことと、意志の有無に拘《かか》わらず不自由を強制されることの間には雲泥《うんでい》の差がある。

しばらくジタバタしたあげく、私は窓を開け、裏手にある自転車置き場にいったん出たうえで、表玄関から自室の前に回るという迂遠《うえん》な方法をとらねばならなかった。

自室の前の廊下に立つと、ドアはべたべたと貼《は》りつけられたガムテープによって封じられ、見るも無惨なありさまになっていた。私は産業廃棄物になったような思いがした。

ガムテープの貼られていない隙間《すきま》に紙片がぶら下がっており、そこには私が先日ビデオ屋で借りた、やや口にするのがはばかられるビデオのタイトルが列挙してあった。その最後に、「もう少し節操のある生活をされてはいかがですか」と書かれていた。

私はその紙片をくしゃくしゃと丸め、ガムテープの封印を解く作業に取りかかった。

私ほど節操のある紳士的な人間はいないというのに何という言い草だと怒りを感じた。これだから理の分かっていない人間は困る。

「しかし、彼もちょっと妙だな」

私はガムテープをべりべりとはがしながら呟いた。

○

ここでゴキブリキューブの登場となる。

ゴキブリキューブを御存知であろうか。それは長いこと放置されていた段ボール箱の中や流し台の下などによく見られ、豆腐のような形をしている。焦茶色《こげちゃいろ》をしてテカテカと油じみた光を放つ。そして、表面が常にむくむくとざわついている。よく観察すると、そのざわついているものは一匹一匹のゴキブリが動いているのだと分かるだろう。

長い学生生活の中で、我々はしばしばゴキブリキューブに出会った。こうした集合体を形成する生態がゴキブリにあることを、私は大学に入るまで知らなかった。あるいは京都ゴキブリに特有の生態なのかもしれない。初めて見たときは度肝を抜かれたものだが、じっと観察しているとそのぞわぞわした輝きには麻薬的な魅力があり、生命の神秘を見つめる思いがした。理学部には昆虫生態学の研究対象として、ゴキブリキューブを扱っている研究室もあると言われる。誰が言ったか分からない。

ちょうど下宿封鎖の憂《う》き目に遭遇した日の夜、微《かす》かに光のさしている棚の奥で、うごうごと黒光りするものを見つけた。その麻薬的な光を見た途端、私は親愛なる遠藤氏に贈るクリスマスプレゼントを見つけたと思った。生命の神秘を丸ごと贈るのであるから、きっと大喜びしてくれるに違いない。彼も生命の力強さに触れれば、恋愛などという愚かしい妄想に右往左往することもなくなるであろう。

ゴキブリキューブを丸ごとゴミ袋に収めるという作業は、やった人間でないと分からないだろうが、そして分かりたくもないだろうが、かなり困難な作業である。ともすれば集合体から離脱する心ないゴキブリが作業を阻《はば》み、私は涙を飲んでそれらのゴキブリを抹殺せねばならなかった。約一時間の激闘の末、ようやくゴキブリキューブを袋に収めた頃には疲労困憊《こんぱい》していたが、このプレゼントを受け取った際の遠藤氏の幸せそうな笑顔を想像して、私は言いようのない満足を感じた。

○

飾磨の報告から、遠藤の住所はすでに把握している。吉田《よしだ》神社の近く、建て込んだ町中にあるアパートらしい。ゴキブリキューブを収めたゴミ袋を紙袋に入れてぶらさげ、私はてくてくと志賀越道《しがごえみち》を歩いた。

ゴミ袋をそのまま贈ってもすぐさま捨てられるのが落ちであるから、それなりに手を弄《ろう》さねばならぬ。そう考えた私は白川通りの文具店に立ち寄り、どんなニヒルな男でも童心に返ること請け合いといった愛らしい赤い紙袋を入手し、さらに緑色のぴかぴか光るリボンすら入手した。こんな私でもクリスマスカラーぐらいは知っている。送り主の名前を書くための小さなカードも購入した。総額五百円もかかったが、親愛なる遠藤氏のためとあれば、こんな出費は痛くも痒《かゆ》くもない。

哲学の道にある冷たいベンチに座りこみ、私は丁寧にクリスマスプレゼントの準備をした。午後の大気は冷たく、尻《しり》も冷たかったが、桜並木の枝の合間から穏やかに降り注ぐ日光は温かくて、困難で繊細な手作業に従事する私を助けてくれた。

ゴキブリキューブの入った袋を紙袋に入れ、緑色のリボンをかけた。無論、私からのプレゼントとして送りつけたとしても、私という人物を誤解している遠藤氏がすんなり開けてくれるとは考えられない。やむを得ず、私は彼女の名前を騙《かた》ることにした。さすがにそのままでは犯罪めいてしまうので、「水尾」ならぬ「氷尾」として、彼が錯覚してくれるよう期待することにした。「遠藤さんへ　氷尾より」と丁寧な字で書いたカードを添えた。

完成したプレゼントを石のベンチに置いて一歩離れた。まるで芸術家が構図を思案するようにして、あらゆる角度から眺めてみたが、その非の打ち所の無いクリスマスプレゼントぶりには我ながら感心するほかなかった。誰が見たとて、この紙袋の中で油じみた数十四のゴキブリが蠢《うごめ》いているとは思うまい。もし私がこれを受け取ったとすれば、清楚《せいそ》で可憐《かれん》な乙女からの愛情籠もった贈り物だと頭から信じるであろう。これほど良い仕事をしたのは数年ぶりのことではないかと思った。

今出川通りを下り、工学部の東側にある町中をうろついた。家々が建て込んでいる中を、飾磨《しかま》が書いてくれたメモを頼りに歩いた。

遠藤氏の下宿は二階建てのまだ新しいアパートであった。階段を上って二階の中程にあるのが彼の部屋である。ここで遠藤と鉢合わせすると計画は台無しであるが、幸い遠藤の姿は無かった。また仲間たちと下らぬ映画でも撮りに行っているのであろう。私は遠藤の部屋のドアノブに、プレゼントをぶら下げた。紙袋の中にいる昆虫たちのざわめきに耳を澄ませてから、そそくさと立ち去った。

あとは遠藤氏の反応を待つばかりである。

嬉しそうに赤い紙袋を手に取る遠藤の姿を、私はありありと思い浮かべることができた。カードに記された名前を見て、彼は顔面の筋肉をだらしなく歪《ゆが》めるであろう。「なんだ、直接渡してくれればいいのに」なんぞと呟《つぶや》くかもしれん。いい気なものである。ひょっとすると、浮かれる心をなんとか落ち着けるために、正座して精神統一なんぞするのではないか。無駄なことだ。薔薇色《ばらいろ》の未来に向かって夢はとめどなく膨らむ一方、興奮にわななく手で可愛らしい紙袋を開いてみれば、中に見えるのは数億年の歴史を持つ強靭《きょうじん》なる生命の煌《きら》めきだ。

やがて一斉に解き放たれたゴキブリたちが乱舞する室内を逃げ惑いながら、彼はハタと気づくであろう。そして遥《はる》かな高みから彼を見下ろしている私をグッと見上げる。「おのれアンチクショウ！」なんぞと、虫けらにまみれて虫けらのごとく呻《うめ》くかもしれぬ。自由自在に飛び回る生命の神秘と、思う存分触れ合うがいい。

私はひと仕事終えた気分になり、古書店を悠々と巡ってから、帰途についた。

○

せっかく慈愛に満ちたクリスマスプレゼントを贈ったというのに、遠藤氏からは何の応答も無かった。少し物足りない気さえした。こちらがあれほど創意工夫に満ちた仕掛けをしたのだから、相手方もそれなりの対応をして然《しか》るべきであろうと思った。

あるいは、今度こそ私を再起不能に追いやる腹で、何かとてつもなく大がかりな仕掛けを工夫するために時間を食っているのかもしれなかった。油断はできない。

私はやや武者震いしながら、遠藤からの報復を待ち受けて日々を過ごした。

○

クラブ時代からの友人高藪智尚《たかやぶともなお》が、工学部の研究室で「快傑ズバット」という作品の耐久上映会をすると言ってしきりに誘うので、飾磨と連れだって出かけることにした。

高藪が貫禄《かんろく》のありすぎる大学院生として、謎《なぞ》めいた研究に日々打ち込んでいる部屋は、工学部の四号館にある。私と飾磨が訪ねたときは夜の九時を回っており、構内に植えられた木々が黒々として見えた。四号館に近づくと、研究室の窓から蛍光灯の明かりが燦々《さんさん》と漏れて、かたわらに茂る樹《き》の葉を濡《ぬ》れたように輝かせていた。

二階にある研究室は、様々な計器類、机、コンピュータが置かれて雑然としていた。何を研究しているのか分からない。金属原子を並べて宇治の平等院鳳凰堂《ほうおうどう》をミクロ単位で再現したと聞いたような気もするが、確かではない。たとえ同じ学部であっても、隣りの研究室では何をしているのかサッパリ分からない御時世である。彼の研究を私が把握できないとしても文句を言われる筋合いではない。

私と飾磨が研究室に入って行くと、高藪は机を動かして空間を確保していた。プロジェクターを使って、白塗りの壁に映写するつもりらしかった。家庭用のテレビでは得られない雰囲気を味わおうという腹であろう。

「おお、来たか」

高藪は髭面《ひげづら》の中でにこにこと笑ったが、顔一面に生え揃《そろ》っている剛毛のせいで、表情を把握するのは極めて難しい。

私と飾磨は丸い椅子《いす》を二つ並べて座り、傲然《ごうぜん》と足を組んだ。飾磨はジュラルミンケースから温州蜜柑《うんしゅうみかん》を二つ取り出し、一つを私に手渡した。我々は黙々と蜜柑を食べながら高藪を睨《にら》んだ。彼はやや呆《あき》れた感じで肩をすくめ、ビデオを映写する準備を始めた。

研究室の電気が消され、白い壁面に妙な風体の男が現れて大活躍を始めると、飾磨が私の脇腹《わきばら》をつついた。

「昨日、水尾さんを見た」

「どこで?」

「近所のコンビニで。また一人でにやにやしてた。あれはへんちくりんな癖だな」

「うむ」

「それで、ちょっと話をした」

「そうかい」

「で、我らが遠藤君のことだが」

「何だ？」

「彼は彼女をつけ回している。しかし、彼女は何も知らんぞ」

私は驚き、白い光を受けて普段より気むずかしそうに見える彼の顔を見つめた。彼はじっと画面を見据えたまま、二個目の温州蜜柑をもぐもぐ食べていた。

「じゃあ、やつが一方的につけ回しているだけか？」

「うん。まるきり一人相撲だ」

そう言うと、飾磨は堪《こら》え切れぬように笑い出した。

「いや、しばらくやつを尾行してたときにおかしいとは思った。でも、まあ、事情がハッキリしないから、もうしばらく黙っていようと思ってな」

唸《うな》る私を尻目に、彼は続けた。

「昨日の敵は今日の友と言うけれども、あんなやつに罵倒《ばとう》された君のことを思うと、俺は少し泣けたよ。そして笑えた」

「あいつめ、図々《ずうずう》しく人を非難しておきながら。許せん」

私は憤然と呟いた。

「俺が彼をつけ回し、彼は彼女をつけ回したうえに君をつけ回し、君は彼女をつけ回していたことになる。おそろしい街だ、ここは。愛憎の地獄絵図というやつだ」

「言っておくが、俺のはあくまで研究だ。あんなやつと一緒にしないでくれ」

「警察でもそう主張できるか？」

「無論、できない」

「だいたい、まず彼女に確かめるべきだった。聞けばすぐに分かっただろう」

「彼女に頼まれたから警察呼ぶぞと脅されて、のうのうと彼女に連絡が取れるものか。俺にもプライドがある。てっきり彼女の差し金だと思っていた」

「まだ精神の合理化が足らんな。もっと精進したまえ。いずれ不合理な情動を排して、自己を律することができるようになる。私のように、だ」

ごしゃごしゃ喋《しゃべ》っている我々のほうへ、高藪が身を乗りだして囁《ささや》いた。

「なに？　なに？　なにか面白い話してんじゃねえのか？　俺もまぜて」

好奇心で眼球が輝いているように見えた。

「黙りたまえ」

私が一喝すると、高藪は可哀相《かわいそう》に、いたく傷ついたらしかった。

○

午前二時に上映会は終了した。

高藪は下鴨《しもがも》泉川町にある「幽水荘」に住んでいるが、今夜は研究室で夜を明かすと言った。農学部の研究室に夕方まで踏ん張ることすら苦痛だった私にとって、二十四時間研究室にいても平気だという彼の精神構造が分からない。自分の脳髄の延長たる下宿こそ、私を解放する場所である。マイマイのように下宿を背負って移動できれば素晴らしかろうと思う。ならばどこでも自分で珈琲《コーヒー》を入れることができ、お気に入りの小熊《こぐま》のぬいぐるみを抱きしめ、煙草《たばこ》も寝ころんで吸い放題、書物をいつでも繙《ひもと》くことができ、気にくわんことがあればドアにカギをかけて断固抗議できるというものだ。

四号館の玄関まで、高藪は我々を送ってきた。

「こんど、飲もうぜ」

彼は言った。

「井戸がまた凹《へこ》んでたぜ。慰めてやろう」

「酒を飲むのはいいが、落ち込んでいる人間に言うことなど何もない」

飾磨はオリオン座を見上げながら言った。

「友達なのによう」

「役に立たん慰めを言うつもりはない。俺はただ彼の法界悋気《りんき》に対して敬意を払い、その行く末を静かに見つめ、そして心置きなく楽しむまでだ」

「長年ともに戦ってきた仲なのに薄情だよなあ」

高藪は困った顔をする。

「我々は安易に慰撫《いぶ》しあうための団体ではない。我々はサムライだ」

飾磨は毅然《きぜん》として呟いた。

溜《た》め息をつく高藪をよそに、飾磨は「若きサムライたちよぉ」と妙なふしをつけて歌いながら暗い工学部の中を百万遍方面へ歩み去った。彼はときおり「サムライ」について言及したが、いまだに私には彼の言うサムライの定義がよく分からない。新渡《にと》戸稲造《べいなぞう》博士説くところの武士道と関係があるのか不明である。

「それじゃあ」

私は高藪に手を上げ、飾磨と反対の方向へ向かった。

深夜二時の大学構内というのは、二十四時間体制の研究室が燦然と輝いている反面、人気《ひとけ》のない場所は深い闇《やみ》に沈んでいる。その中を一人で歩いて行く気分はあまり良いものではない。私は不必要な臆病《おくびょう》に対して軽侮の念を抱いているが、闇に対する恐怖は人間の根源的恐怖であるから、これを理性で乗り越えるのはなまなかなことではない。私ほどの人間になっても恐怖に捕《か》らわれることがある。こういった愚にもつかない恐怖心を忘れるには、怒りを掻き立てるような想像、あるいは劣情を掻き立てるような想像の二つが効果的である。しかし、いちおう最高学府の敷地を歩んでいるという事実に鑑《かんが》み、劣情的妄想行為は慎み、私は飾磨から教えられた遠藤の件を反芻《はんすう》した。

この世の中で何が屈辱と言って、変態に変態呼ばわりされることほど屈辱的なことはないと断言できる。私がそういった不埒《ふらち》な輩《やから》とは一線を画しているという事実を考えれば尚《なお》のことだ。しかし、思えば私も迂闊《うかつ》であった。彼女のマンションの前で彼に罵倒されたときも、おそらく彼は彼女を付け狙《ねら》っていた最中だったに違いない。彼から脅迫状めいた手紙が送りつけられたときも、なにやらヘンテコだと思いながらもその点には思い至らなかった。

ともあれ、これで私を非難する資格が彼にはないことが判明したのは喜ばしい。私は蓮池《はすいけ》のふちを歩む御釈迦様《おしゃかさま》のごとく、彼に憐憫《れんびん》の情すら垂れてやることができる。そして蜘蛛《くも》の糸をぷっつり切るのは私の思いのままだ。かような状況で「男の連帯」を云々《うんぬん》するつもりは毛頭ない。私は強く思った。

○

あれこれもの思いに耽《ふけ》りながら計算機センターの前にさしかかったとき、建物の暗がりから何者かの視線を感じた。

「邪眼」

という言葉が頭に浮かんだ。

前述のように、こうやって思索に耽っているとき、私は邪眼の視線を感じることがあった。私は毅然とした怒りを込めて、暗がりを睨み返した。そう毎度、思索を乱されてはかなわない。

気づけば建物の暗がりに数人の若者が立っており、全員がこちらを睨んでいた。私はやや狼狽《ろうばい》した。邪眼を撃退しようと息巻いていたつもりが、結果としてささやかに「めんちを切った」らしかった。私は何事もなかったかのようにぱちぱちと目をしばたたいて誤魔化し、そのまま通り過ぎようとした。

若者たちがぶらぶらとこちらに歩いてきて、無言のまま、私と並んで歩き始めた。

「おや、彼らもこちらへ行くのだろうか」と私は思った。

しかし元来、私は一人で散策するのが好きであり、見知らぬ男たちと肩を並べて悠然と歩くようなことは好まない。彼らを振り切って一人で歩くべく、私は歩調を速めた。しかし彼らは何を思ったのか私と同じように足を速めたので、結果的に我々の相対的位置は変わらない。私は彼らに「どういうつもりだ」と問いつめたいと思ったが、「俺達はこっちへ行くだけだ」というヤクザ的返答が返ってくることがありありと分かったので、口をつぐんだままだった。むしろ「どういうつもりだ」と口にすることで、事態をより決定的にしてしまうことも考えられる。

私は無言のまま、さらに足を速めたが、事態はいっこうに改善されなかった。さすがの私も黒いゴミ袋に詰め込まれたような息苦しさを感じた。若者たちは四人。高校生か大学生ぐらいの年頃である。顔をきちんと見たわけではないので詳しい印象は残っていない。それにしても、自分に密着して黒々とした巨体がぬぼうと四本突き立っているようなもので、居心地が悪いことこの上ない。

望まぬ連れ合いを率いたまま、私は通用門を出て、住宅街へ入った。

これが噂《うわさ》の「京大生狩り」をする連中であろうかと思い至った。近年、夜の京大構内において、学生が襲われる事件が起こっているらしい。あくまで聞いた話である。都会でホームレスが襲われたり、中年男性が襲われたりしているらしいが、今や流行の波は京大構内にまで及んだということであろうか。もっと楽しいことはいくらでもあろうと思うのだが、それは狩られる側だから思うことであって、たとえて言えばシマウマがライオンに対して「野菜を食いたまえ」と忠告するに等しい。狩る側にすれば、そんなことは関係あるまい。むしろ醜悪な行為ほど、楽しみをそそるものである。より強い者に挑むことを喜びとするのは一部のスポーツと少年漫画の世界のみであって、一般的な人間は弱い者を苛《いじ》めることに限りない喜びを見出《みいだ》すものだ。

などと理屈を飲み込んだところで、狩られる人間としての苦痛が軽減するわけではない。何とかこの場を逃れる方策を考えねばならん。だいたい私は休学中の身であって、厳密に言えば現役京大生ではない。襲うなら復学してからにして頂きたいが、彼らはそんな理屈が通用する相手ではあるまい。しかも私の財布の中には五百五十円しか入っておらず、我が身の安全を購《あがな》うにはあまりに心細い。むしろ五百五十円で我が身を買うなど、私のプライドが許さないほどだ。第一、いくら支払ったところで彼らは私を狩るだろう。狩ったあとで金を取るだろう。どうせ狩られるものなら、金のない方が得だということになる。埒もない戦術を弄《ろう》するよりは逃げたほうが良いだろう。

ひっそり閑とした志賀越道を歩いているとき、私は得意の反復横跳び技術を生かし、男たちの囲いを破ると、右手に延びる路地に飛び込んだ。

そこは民家の軒先が両側に迫った狭い道で、どこへ続いているのか判然としない。しかし先へ行けば路地が網目のように入り組んでいるはずで、全速力で突っ走れば彼らを巻くことができるという目算があった。私は軒先に並んだ鉢植えをいくつか蹴倒《けたお》しながら走った。

ひょっとして彼らにつきまとわれていたというのは私の個人的思い込みであって、彼らはたんにたまたま私のそばを歩いていただけではないかと心配したが、背後を振り返ると男たちが黒い旋風のように追って来たので、安堵《あんど》した。

私が蹴散らした鉢植えにつまずいて、一人の男が倒れ、後続者が折り重なったらしい。うめき声と瀬戸物の割れるような音が聞こえた。私は思わず快哉《かいさい》を叫んだが、「ちくしょう」「殺す」という怒りに満ちた叫び声が聞こえ、あまり安心してはいられないと思った。まさか本当に殺しはすまいが、物事には勢いというものがある。その場の勢いで殺されてしまってから「話が違うではないか」「やりすぎだ」と主張したところで話にならない。私は手近な鉢植えを投げつけた後、さらに逃走した。彼らに発作的殺人という罪を行わせないためにも、ここは逃げ切らねばならん。臆病ではない。慈愛である。

こんなにも走ったのは久々で、私はすでに汗をかいていた。民家の軒先で細く切り取られた夜空を見上げると、澄んだ星空が見えた。私は熱い息を吐きながら、この街路にはなぜこんなにも鉢植えが多いのだろうと思った。

○

ごちゃごちゃと入り組んだ路地を走っているうちに、自分でも自分の居所が分からなくなってきた。私にも分からないくらいだから、彼らにも私の居所が分からなくなって然《しか》るべきだが、そう上手《うま》くはいかない。細い路地の塀にもたれて一息つくと、すぐそばで押し殺した声が聞こえ、慌《あわ》てて走り出す羽目になった。

自分の状況判断力の甘さを思い知ったのは、慌てて入りこんだ路地が行き止まりだった時である。その絶望たるや、現役時代、某大学受験において数学の問題用紙を開いた瞬間に匹敵する。

私は袋小路で立ちつくした。両側は古びた板塀であり、正面にはコンクリートの塀が高々とそびえていた。御丁寧なことに塀の上には有刺鉄線が張り巡らされており、侵入者をあくまで血祭りにあげようという家主の熱い心意気が感じられる。コンクリート塀には女王との約束に遅刻した白ウサギがくぐり抜けたような鉄扉がついているのだが、引いてみたところで凍りついたようにびくともしなかった。警察犬でも連れているのか、男たちは驚くほど的確に私のあとをついて来る。息切れと怒りによって、もはや標準語の体をなしていないマッチョなうめき声が路地のすぐ先にまで迫っている。今更この路地を戻って、彼らの厚い胸板に飛び込めば粉々にされてしまうだろう。

ここまで彼らの時間と体力を浪費させた以上、捕まった際にはどういうことになるのか想像したくもない。しかし想像したくないときにかぎって想像力は研ぎ澄まされ、目くるめく自虐《じぎゃく》の一大パノラマが脳裏に展開した。簀《す》巻《ま》きにされて鴨川《かもがわ》の底に沈んでゆく私、あるいは全裸で大学の時計台に吊《つ》るされている私、亀甲《きっこう》縛りにされて百万遍交差点中央に放置されている私、などである。

私はコンクリート塀に背をつけて、迫り来る彼らの気配に対峙《たいじ》した。

何かこの場を切り抜ける妙案はないかと灰色の脳細胞をまさぐったが、全裸で風に吹かれている自分の姿が浮かぶのみである。祖父の形見であるコートのポケットもまさぐったものの、見つかったのは温州蜜柑《うんしゅうみかん》の皮ひとつ。もはや藁《わら》をも摑《つか》む思いで周囲を見まわすと、路上に乾いた犬の糞《くそ》がぽつねんとあったので、とりあえず藁のかわりに糞を摑んだ。我ながら何のつもりだったのか分からない。師走《しわす》の冷たい夜の底、頭上には煌《きらめ》くオリオン、脳には溢《あふ》れ出すアドレナリン、頰には滝の汗、唇にはシマウマの微笑、右手には蜜柑の皮、左手には犬の糞、そして武蔵坊《むさしぼう》弁慶の最期《さいご》もかくやという仁王立ち、なのに足はがくがく、心臓は機能不全一歩手前、泣くに泣けない、泣いても始まらない。私は天を仰ぎ、伏見稲荷《いなり》大社と北野天満宮と吉田《よしだ》神社と北白川天神に、我が身の無事を願い奉《たてまつ》った。簀巻きは御免だ。ならば全裸ならいいのかというと全裸も御免だ。

「おい。こっちこっち」

声が聞こえた。

見ると、先ほどまで閉じていた鉄扉が開いている。そこから顔を出している男がいる。にわかには誰なのか思い出せなかったが、その軽薄な顎髭《あごひげ》には見覚えがあった。

○

がっちりと閉じた鉄扉の内側で、私は耳をすませた。男たちが路地をうろうろしている音が聞こえたが、やがて足音は遠ざかって行った。

遠藤は顎で合図をして、歩きだした。

そこは旧家の庭らしかった。鉄扉からつづく石畳は、鬱蒼《うっそう》と茂る灌木《かんぼく》の中を抜けてゆく。庭のあちこちに電燈《でんとう》が灯《とも》っているらしく、橙色《だいだいいろ》の光が木立の合間から差していた。石畳のわきに一定の間隔をおいて焦《こ》げ茶色の縞《しま》が入った巨大な壺《つぼ》が並んでいて、どれもが満々と水を湛《たた》えていた。私は蜜柑の皮と犬の糞を持てあましていたので、二つとも壺の底へこっそり沈めてしまった。ついでに手を洗った。

「早くしろよ」

遠藤が言った。私はムッとした。窮地を救われた恩義はすでに忘れていた。

庭を抜けて木戸をくぐると、遠藤の住むアパートの裏手に出た。

彼はカンカンと階段をのぼった。私は唯々諾々《いいだくだく》と彼についていくのがしゃくに障《さわ》って、そのままぷいと帰ってしまいたくなったが、考えてみれば彼が私を自室へ連れて行くのは、きちんと顔を付き合わせて話をしようという腹であろう。これを避ければ、まるで逃げるようで、かえってしゃくに障る。

遠藤は鍵《かぎ》を開け、顎で私を促した。

彼の部屋は六畳のリビングに台所とバスルームがついていた。大きな本棚には映画関係の資料や小難しい思想書、判例集や司法試験の参考書が入っている。チェコスロバキア映画のポスターがある。大きなコルクボードが下がっていて、シナリオのアイデアらしきものや洒落《しゃれ》た写真の切り抜きが小粋《こいき》に散らして貼《は》ってある。私には分からない機械がごちゃごちゃと壁際《かべぎわ》にかたまっているのは映画関係の機材であろう。私はフローリングの床にどっかりと腰を下ろし、じつに遠藤という男にふさわしい、ナニモノカが鼻につく部屋だと思った。台所を見ると、遠藤は慣れた手つきで珈琲《コーヒー》フィルターを用意している。

珈琲がわく間、彼は流し台に腰をもたれさせてぼんやりと斜め下を見ていた。自分の城塞《じょうさい》にいるということが彼を勇気づけているらしく、立ち居振る舞いが優雅である。そうなるとちんけな顎髭もやけに上等なものに見えてくるから奇妙だ。

やがて彼は珈琲を持って来て腰を下ろした。彼は何も言わない。私も負けじと何も言わない。床に置かれた珈琲に口をつけると、意外に美味《うま》かったので何だかますます腹が立ち、ぐいぐい飲んだ。

フローリングの床が尻《しり》をじっくりと冷やすようで、こんなところに座っていたら痔《じ》が再発するのではないかと不安になった。つい先月、大学入学以来二度目の痔で七転八倒したばかりだったからである。しかし痔ごときを気に病んで、遠藤に会話のイニシアティブを取られたとあっては、御先祖様に顔向けができない。私はともすれば下半身に垂れ下がりそうになる意識を上方へ修正し、遠藤の顔をぎりぎりと睨《にら》んだ。

よく考えれば、私がここで卑屈になる必要は何もないのだ。窮地を救われたとは言っても、私が頼んだわけではない。忘れてはならないことだが、相手が感謝してくれることを期待して行う慈善行為は慈善行為とは言えない。もし遠藤が私を救ったことを恩に着せてくるようであれば、人を救うという行為について一席ぶたねばなるまいと考えた。私は絶対に彼に感謝するつもりはなく、その点で彼につけ入る隙《すき》を与えなければ、私の優位は保たれるだろうと考えた。

私が黙々と珈琲を啜《すす》っていると、彼は機械をひっぱりだしてきた。そしてしばらくテキパキと立ち働いた後、部屋の明かりを落とした。「闇討《やみう》ちか」私は身体《からだ》を固くした。やがて白塗りの壁がパッと闇の中で明るくなり、映写機ががたがたと古風な音を立て始めた。ざらざらした映像が壁に映った。

○

それは電車の車内風景らしい。車窓から光がいっぱい差し込んで、夢のようにぼんやりとしている。ぶらぶらと吊革が揺れている向こうに、となりの車両が見える。そこにぽつんと水尾さんが座っている。彼女はじいっと窓の外を見つめている。

そこで画面が変わって、木立の中にある小さな無人駅の風景になった。木立を抜けて、広々とした草原へ出て行くと、遠くをふわふわと歩いて行く彼女が映る。

小さな彼女の向こうに、ぬうと天をついて立っているのは「太陽の塔」だった。

○

フィルムは終わって、白い画面が戻ってきた。我々はしばらく黙りこくっていた。遠藤はやや俯《うつむ》き、途方に暮れている様子である。彼は何か尋ねたいことをチエノワのように弄《もてあそ》んでいるらしく、その様子はややいじらしくもあったが、私は心の底に湧《わ》きかけた憐憫《れんびん》の泉を慌てて塞《ふさ》いだ。とかく情に流されやすい自分に腹を立てた。「いずれ不合理な情動を排して、自己を律することができるようになる。私のように、だ」飾磨《しかま》の言葉が頭の中に響き、彼には何も教えてやるまいという所存のほぞをこちこちに固めた。

「お前、こんなもの、いつ、どうやって撮影した？」

私は言った。

「僕が知りたいのは、彼女と太陽の塔のことだ」

彼は私の質問には答えないで言った。

「なぜそんなことを俺に聞く？」と私は言った。

「手がかりになるのは、あんたぐらいしかいないからね」

「彼女に直接聞けばいい」

「こっちにも色々複雑な事情があるんだ」

彼は苦笑して、珈琲をすすった。

「彼女と太陽の塔には何か深い因縁があるんじゃないか？」

「因縁？　なんだそりゃ」

「何か重大な、こう、運命的なものが」

「バカか、お前は」

彼は私を睨んだ。「あくまではぐらかす気だな」

「論理的に喋《しゃべ》ってくれと言っているだけだよ」

「彼女が太陽の塔に執着する理由を教えて欲しい」

「俺は知らん。彼女に直接聞きたまえ」

遠藤は諦《あきら》めたようにうなだれて、黒々と溜《た》まった珈琲を眺めた。私は煙草《たばこ》を取り出したが、「煙草は吸わないでくれ」と言われた。映写機の明かりが我々二人をぼんやりと照らしていた。落ち着いて客観的に考えてみるに、こうして我々のような二人が黙り込んで向かい合っている情況が不思議でたまらなくなってきた。

「まあ、あんたに頼るほうがおかしいよなあ」

彼はしみじみと呟《つぶや》いた。

「おかしいわなあ」

私は言った。

○

太陽の塔を御存知であろうか。

遠い昔、私という男が誰からも愛されるふわふわした可愛《かわい》いものであった頃、私の家族は大阪の郊外にあるマンションに住んでいた。そこは大阪万博の跡地に作られた「万博公園」から、歩いてすぐのところにあった。週末になると私は両親に連れられて公園に出かけ、一日中野原や木立の中をころころ転がっていたと言う。したがって、私の人格の底辺界隈《かいわい》はほとんど万博公園の風景で埋め尽くされている。その風景の中ににゅうううっと屹立《きつりつ》して、あたりを睥睨《へいげい》しているのが太陽の塔であった。

作り手たる岡本太郎の名を知ったのは随分後のことで、今に至るも私は岡本太郎についてほとんど何も知らないし、これ以上知る必要性を感じない。私の場合、まずそこに太陽の塔があった。太陽の塔には人間の手を思わせる余地がなかった。それは異次元宇宙の彼方《かなた》から突如飛来し、ずうんと大地に降り立って動かなくなり、もう我々人類には手のほどこしようもなくなってしまったという雰囲気が漂っていた。岡本太郎なる人物も、大阪万博という過去のお祭り騒ぎも、あるいは日本の戦後史なども関係がない。むくむくと盛り上がる緑の森の向こうに、ただすべてを超越して、太陽の塔は立っている。

一度見れば、人々はその異様な大きさと形に圧倒される。あまりに滑らかに湾曲する体格、にゅうっと両側に突きだす溶けたような腕、天頂に輝く金色の顔、腹部にわだかまる灰色のふくれっ面《つら》、背面にある不気味で平面的な黒い顔、ことごとく我々の神経を掻《か》き乱さぬものはない。何よりも、常軌を逸した呆《あき》れるばかりの大きさである。「なんじゃこりゃあ」と彼らは言うことであろう。しかし、それで満足して太陽の塔の前を立ち去り、「あれは確かにヘンテコなものであった」と吹聴《ふいちょう》するのでは足りないのだ。「あれは一度見てみるべきだよ」なんぞと暢気《のんき》に言っているようでは、全然、からっきし、足りない。

もう一度、もう二度、もう三度、太陽の塔のもとへ立ち帰りたまえ。

バスや電車で万博公園に近づくにつれて、何か言葉に尽くせぬ気配が迫ってくるだろう。「ああ、もうすぐ現れる」と思い、心の底で怖がっている自分に気づきはしまいか。そして視界に太陽の塔が現れた途端、自分がちっとも太陽の塔に慣れることができないことに気づくだろう。

「つねに新鮮だ」

そんな優雅な言葉では足りない。つねに異様で、つねに恐ろしく、つねに偉大で、つねに何かがおかしい。何度も訪れるたびに、慣れるどころか、ますます怖くなる。太陽の塔が視界に入ってくるまで待つことが、たまらなく不安になる。その不安が裏切られることはない。いざ見れば、きっと前回より大きな違和感があなたを襲うからだ。太陽の塔は、見るたびに大きくなるだろう。決して小さくはならないのである。

一度見てみるべきだとは言わない。何度でも訪れたまえ。そして、ふつふつと体内に湧き出してくる異次元宇宙の気配に震えたまえ。世人はすべからく偉大なる太陽の塔の前に膝《ひざ》を屈し「なんじゃこりゃあ！」と何度でも何度でも心おきなく叫ぶべし。

異界への入り口はそこにある。

○

私は万博公園を愛し、太陽の塔を畏怖《いふ》してきた。大学に入ってからも、何かと言えば四条河原町から阪急電車に乗って、万博公園を訪ねた。

水尾さんと知り合ってしばらくの間、我々は伏見稲荷《いなり》であるとか、下鴨《しもがも》神社であるとか、やや古風な場所で逢瀬《おうせ》を重ねたものであったが、やがて私は、彼女を世界で最も愛する場所へ連れて行くべきであろうと決心するに至った。

茨木駅《いばらき》から万博公園に向かうバスの中、彼女は車窓から外を眺めていた。やがて緑の森の向こうに太陽の塔が姿を現した。彼女はびたんと蛙《かえる》のように窓に貼りついた。

「うわっ、うわっ、凄《すご》い」と彼女は言った。

公園に着いても、彼女はずいぶん長い間、太陽の塔の足下を行ったり来たりしていた。私は離れたベンチに座って煙草を吸いながら、ちっこい豆粒のような彼女が精一杯身を反らせ、天を突く太陽の塔と対峙《たいじ》しているのを眺めていた。そのとき、私はややほったらかしであったが、その点では私に文句があろうはずもなかった。明らかに太陽の塔は私よりも偉大であったから。やがて彼女は上気した顔で近づいてきて、「凄いです。これは宇宙遺産に指定されるべきです」と語った。

我々は野原の真ん中のベンチに腰掛けて、森の向こうに見える太陽の塔を見上げて過ごした。開園早々なので人影もなかった。少し冷んやりとした風がときおり頬を撫《な》でるのが感じられた。野原のまわりは、水を含んで盛り上がるような新緑に囲まれていた。広い皿の底で、冷んやりとした液体に浸っているような気分だった。私は少し口笛を吹いた。

そうやって彼女と一緒にぽかんとしていると、飾磨から電話がかかってきた。私は少し彼とやり取りをしたが、さも得意げに、嫌らしいやり方で、自分が彼女と一緒に万博公園に座っていることを匂《にお》わせたらしく思われる。飾磨は「邪魔したな」と電話を切った。

その五分後、メールが入った。

「許さん。許さんぞお……」

書かれていたのは、それだけだった。

○

怒濤《どとう》のごとく太陽の塔へ馳《は》せ向かう彼女の情熱は、瞬《また》く間に私のそれを上回った。

彼女は独断で太陽の塔を「宇宙遺産」に指定し、部屋の書棚には太陽の塔の小さな置物を安置し、携帯電話のストラップを太陽の塔に換え、太陽の塔に関する記事が出た美術雑誌を買い集めた。二度目に万博公園を訪ねた際、彼女は頬を上気させて立ち入り禁止の芝生にまで乱入し、慣れないカメラを使ってあらゆる角度から太陽の塔を撮影した。まるで宝物を手に入れたように、彼女はにこにこと笑ったものだ。我々は一緒に写真を撮るという習慣がなかったので、彼女が持っている私の写真は太陽の塔の三十分の一にも及ばないという羽目になった。

太陽の塔は偉大である。その偉大さを把握し、全身全霊を込めてこれを讃《たた》える彼女もまた尊敬すべきである。私には無論、分かっていた。

○

遠藤のアパートをあとにした私は、迫り来る京大生ハンターの幻影に悩まされつつも、暗い街路を歩いて今出川通りへ出ることができた。そこからは明るい表通りに沿って歩くことができるから、危険は少ない。懐《なつ》かしい北白川別当交差点に辿《たど》り着いたとき、私はあらためて伏見稲荷大社と北野天満宮と吉田《よしだ》神社と北白川天神に感謝の祈りをささげた。

長い一日だった。

下宿に向かう坂をのぼりつつ、遅ればせながら、怒りがこみあげてきた。現代文明におんぶに抱っことは言いながら、両親と地球環境以外には誰一人として恥じ入るべき相手のいない、貝のように無害な生活を送っているというのに、ストーカー野郎にストーカー呼ばわりされるわ、愛車まなみ号は連れ去られるわ、京大生狩りには追い回されるわ、妄想的債鬼は訪ねてくるわ、聖クリスマスは迫ってくるわ、じつに不愉快である。かまって欲しくないときに決まってかまって欲しくない人が日常に介入してくるという残酷な現実。そうして、肝心のかまって欲しい人はかまってくれない。べつに彼女のことを言っているわけではない。

疲れ果て、下宿の暗い廊下を罪人のように歩いて行くと、自室のドアノブに可愛らしい紙袋がぶら下がっていた。中を覗《のぞ》くと、赤いリボンのかかった緑色の袋が入っている。添えられたカードには、

「水尾」

という名前が読めた。

私はあやうく高鳴りかけた胸を鎮《しず》め、きわめて冷静に紙袋を取って部屋に入った。さきほどまで柳のようにふにゃふにゃだった背骨がしゃんと伸びた。

まず畳に正座して、精神統一した。あらゆる愚かしい期待を排し、貴船の谷水のごとく澄んだ心で対さねばならないからである。このように些細《ささい》な出来事でいまさら泡を食うような私ではないと思ったが、念には念を入れねばならない。彼女が何を贈ってきても、また何を言ってきても、私にはそれを冷静に受け容《い》れる準備がある。まったく期待していないし、まさかそんなことはあるまいが、もし復縁したいというのなら、少しは考えてやっても良い。どおんとこい、どおんと。

私はおもむろにリボンを解き、紙袋を開いた。

袋の中はてらてらと麻薬的な輝きに満ちていて、私は目を奪われた。つい最近どこかで見たことのある光だと思った。やがてザッという音を立てて、たくさんの黒いものが嬉《うれ》しそうに袋から飛びだしてきた。

その長い一日の終わりに、私は驚愕《きょうがく》と呪詛《じゅそ》を込めたうめき声をあげた。

あとは何も言えない。何も見えない。数億年の歴史を誇る強靭《きょうじん》な生命力を漲《みなぎ》らせた無数の羽音と、焦茶色《こげちゃいろ》の油じみた光が世界を覆《おお》った。

「おのれ遠藤！」

私は叫んだ。

○

昔、飾磨《しかま》氏の下宿で映画を見ていた時のことである。

それは古典的な青春映画だった。主人公たちは高校生で、あるスポーツに打ち込んでいる。青春映画の定石をきちんと踏まえて、彼らは時に反発し合い、時に助け合いながら、地区大会の優勝を目指す。彼らはめらめら燃え上がる青春の日々を生きているのだ。夏の合宿、ともに過ごす最後の夜に、部員の一人がこう呟く。

「この時間がずっと続けばいいのに」

我々は床にごろんと雨に濡《ぬ》れた丸太のように寝転がり、煙草を吹かしながらテレビを見ていたのだが、飾磨氏はそのとき身体《からだ》を起こし、静かに反論した。

「続いてたまるか」

我々が好んで始めた闘いと言えど、疲れることもあった。

○

遠藤氏からの卑劣極まるお返しプレゼントによって、私の下宿は一大昆虫王国と化したということは前述の通りである。

その夜、私はやむを得ず飾磨のもとへ避難した。何事にも動じない私とは言え、ゴキブリに全身をまさぐられながら眠ることはできない。エロティックすぎる。事情を聞いた飾磨は、下宿を昆虫王国にされた人間の悲劇など意に介さず、たっぷり三十分は笑い転げていた。このあたりが我々の友情の限界であろう。

翌日、燻煙式《くんえんしき》の殺虫剤を購入した私は闘志を燃やして下宿に戻った。ドアの隙間《すきま》から中をのぞくと、部屋の中は薄暗く、ざわざわしていた。殺虫剤をしかけて退散したが、その後に展開された阿鼻叫喚《あびきょうかん》の地獄絵図は想像したくない。

寿司屋《すしや》で夜まで働いてから帰ると、畳一面にゴキブリの死骸《しがい》が散乱していた。まるで、ごわごわに毛羽立った茶色のカーペットを広げたように見えた。ブラインドのあちこちに点々と死骸が引っかかっていた。

流し台に置いてあったカップラーメンをのぞいて絶句した。残ったスープ一面にびっしりとゴキブリが浮かんでいるのは、おそらくこれまでの人生で私が見た最も気味の悪い光景である。よりによって豚骨スープだったために、油脂の膜がねっとりと彼らの死骸にからみつき、あたかも私が途中までゴキブリスープをすっていたように見える。念のために言っておくが、いくら腹が減ってもそんなことはしない。

畳の上だけでなく、机やテレビの裏の死骸も掻きだして集めると、ゴミ袋にたっぷりあった。私はドアを開け放ち、掃除機をかけて畳に残った脚や羽根の破片を吸い取った。鎮魂の思いを込めて、しかし断固として徹底的に。

○

鷺森《さぎのもり》の南に立ったとき、あたりは丑三《うしみ》つ時《どき》の闇《やみ》に包まれていた。

空は凍りついたように晴れている。

草木も眠る丑三つ時とは言うものの、町中に住んでいると、その言葉の意味をつい忘れがちになる。北白川別当交差点では角にあるコンビニエンスストアが二十四時間光を投げ、本屋は午前三時まで立ち読み客でいっぱい、山中越えに向かう御蔭《みかげ》通りはへんてこな改造車がびゅうびゅう通る。どこを見ても、何が目的か知らないが無闇に徘徊《はいかい》して飽かない夜の住人たちがいる。草木は眠っているか知らんが、人間はなかなか眠りやがらぬ。食料が切れれば深夜のコンビニエンスストアでチーズ蒸しパンをむさぼることができ、午前二時の本屋では裏アイドル雑誌を立ち読みしている友人に出会って世間話をすることができる。いつまでも消えない蛍光灯の明かりにくるまれた生活の中で、その「丑三つ時」という刻限の持つ不気味さを私は忘れてしまう。そしてときどき、たとえば飾磨と自転車で琵琶《びわ》湖《こ》を一周したり、白滝トンネルへ肝試しに行った時などに、闇への恐怖を思い出すのだ。

森は真っ暗で神社へ抜ける小道はまったく見えないが、大きな石柱が森の入り口にあって「鷺森神社」と読めた。東を見ると黒々としたかたまりのような山嶺《さんれい》が見える。月は針金のように細い。目の前には住宅街を寸断するように広がっている畑があった。北風にさらされて乾燥したように見えるキャベツがいくつか転がっているほかは何もない。畑の向こうにある土手の上を細い道が横切っていて、白いガードレールが見える。さらに向こうの闇の中には、家々の明かりが点々と見えた。ガードレールのわきに街灯が一つ立っていて、今にも消えそうな心細い明かりを投げていた。

街灯のあたりを見つめていると、二両編成の叡山《えいざん》電車が一乗寺方面からやって来た。ガードレールに沿って、農道のような狭い道を、曼殊院《まんしゅいん》の方角へ滑って行く。車窓から光が燦々《さんさん》と漏れて、白いガードレールと荒れた畑をぼんやりと照らした。

私は畑の中を横切った。小さな土手を上り、ガードレールを乗り越えて左を見ると、先の暗い路地の奥へと電車が身体を押し込むようにして進んで行くのが見えた。私は白い息を吐きながら後を追った。

町中に走り込むと、古びた石垣が両側に迫る狭い道だった。電車はその中をゆっくりと進んで行った。石垣の上からのぞく木々の葉が、車窓から漏れる光に照らされてくっきりと浮かび上がるのが見えた。

そこから先の町並みは、ますます起伏を増し、複雑怪奇だった。この界隈《かいわい》は歩いたことがなかったので、私は立体迷路の中を引きずり回されているような気がした。電車はまるで線路を辿るように悠々と進んで行くが、私はだんだん引き離されてしまった。

暗い四つ辻《つじ》を電車が左へ折れるのが見えたが、私が四つ辻に着いて左を覗き込んだときには電車は見えなかった。二三歩走り込んでみたが、電車の行方は分からない。路地を歩いて行くと行き止まりで、さらに右に路地が延びていた。右側は寺院の塀らしく、左側には民家が並んでいる。地面は乱雑に石を並べただけの舗装でごつごつしていた。花瓶の乗った戸棚が路地に出してあって、「自由にお持ちください」と書いた紙が貼《は》ってあった。どん詰まりは民家の玄関になっていた。

私はひきずられるように左にある急な石段を下った。そこも民家が立ち並んでいて、路地が直角に右に曲がっていた。路地はどこまでも深くもぐりこんでゆくようである。さすがにこんな場所では叡山電車は走れまい。私は腹立たしくなってきた。

道に沿って右に曲がると、深い水路に阻《はば》まれて先には進めなかった。対岸には水路に沿って舗装道が延びていて、同じような町並みが続いていた。どの家々も窓をぴったりと閉じて暗い。そこへ明るい光が差した。

用水路の水面が車窓の明かりを受けて光った。叡山電車は対岸の道を、北へ向かって走って行った。私はこちらに立ち尽くしたまま見送っていた。水尾さんは車窓からぼんやりと外を見ていた。用水路の流れを見ていたのかもしれない。彼女は流れる水を見るのが好きであった。

対岸に立って白い息をつく私を、彼女が見たのかどうか分からない。

○

高藪智尚《たかやぶともなお》について書く。

思い出すのも恥ずかしい、大学に入り立てほやほやの五月、私は初めて彼を見た。その衝撃は忘れられない。

その日は入部以来、初めての週末ミーティングであった。新入部員の間にはいまだ何の絆《きずな》も培《つちか》われておらず、我々は独りぼっちでプルプルと震えながら、先輩連中の値踏みするような視線に耐えねばならなかった。救いを求めてさまよう私の視線の先に、ひときわ異彩を放つ人影があった。全長二メートルに及ぶ巨体、呆《あき》れるほどポケットのついた怪しげなジャケット、怪鳥の巣のような蓬髪《ほうはつ》、顎《あご》から頬を砂鉄のようにびっしりと覆う無精髭《ぶしょうひげ》、ぎらぎらと過剰な好奇心に輝く瞳《ひとみ》。あの人物こそ、このクラブの片隅で長年棲息《せいそく》し続ける「ヌシ」に相違ない。見よ、明らかに一般人とは思えぬオーラが全身から放射されているではないか。もはや怪獣である。そのヌシの姿を一目見ただけで、これからの大学生活を無事に乗り切る自信は失われた。おそらくヌシは私のような脆弱《ぜいじゃく》な存在などものともせず、けちょんけちょんに踏みしだくことであろう。めくるめく暗黒の未来が眼前に展開され、私はほとんど卒倒しそうになった。

しかし、その後の新入部員自己紹介の際、あろうことかそのヌシが一歩先に出て、「高藪智尚」と名乗ったのである。室戸岬でたっぷり五年は潮風に吹かれてきたと思われるその異貌《いぼう》にもかかわらず、彼は私と同年であった。そんな事実を簡単に受け容れることはできん。私は考えた、おそらく彼の内部に巣くう何らかの形容もできない邪悪な存在が、彼の外貌をここまで怪異なものにしてしまったのであろうと。その推測の当然の帰結として、私は彼との接触をできるだけ避けた。あの頃の私の理解力に比して、彼は限りなく大きかったのである。

その巨軀《きょく》の内には夢見る乙女のような繊細な魂が封じ込められているというソポクレス級の悲劇に気づくには、さらに一年半の歳月を要した。ある日、まるで暗雲が吹き払われたかのように、一挙に真実の光が彼を照らした。そうすると、実際のところ彼はその巨体を持て余しているのであり、愛用のジャケットは便利だから着ているにすぎず、蓬髪は単なる癖毛であり、無精髭には愛嬌《あいきょう》があった。そして彼の瞳は、可愛《かわい》いと言っても良いほどにつぶらなのだった。

彼はズバ抜けた膂力《りょりょく》を持ち、やや偏《かたよ》っていたが、危険な男ではなかった。優しく繊細で、友情にあつく、女性をよせつけず、真面目《まじめ》に学業に勤《いそ》しみ、恐るべき知性を秘め、万巻の書を読み、軍事・科学・歴史・コンピュータ・アニメに関する該博な知識を自在に駆使し、己の信じた道を顎を上げて歩き続け、そして世間から誤解されることの多い一人の聖人。私が生まれて以来はじめて見た、超弩《ちょうど》級《きゅう》のオタクであった。

○

彼の住処《すみか》は下鴨《しもがも》泉川町にあった。東には高野川がゆったりと流れ、西には鬱蒼《うっそう》とした糺《ただす》の森が南北にのびている。彼の下宿は街の喧噪《けんそう》からは遠く、窓を開けば樹間に鳥の声が響くのが聞こえた。同じ町内にはかつて物理学者の湯川博士が住んだ大きな屋敷もあり、閑静な住宅街である。

古い家並みの間を抜ける狭い路地に入ると、両側に迫った板塀が延々とうねりながら続いてゆく。板塀の上からとびだしている樹木の陰になっているところもあって、やや秘密の抜け道めいている。あたかも禁断の魔窟《まくつ》へ足を踏み入れつつあるかのようであり、やがて待ち受ける悦楽の園に向けて気分はいやがおうにも高まるが、バニーガールがずらりと待ちかまえる「大人の遊園地」のかわりに姿を現すのは、高藪の隠れ家「下鴨幽水荘」である。

私がこの場所を訪れて幽水荘を見上げるたびに思うことは、

「あ、まだ建っている」

ということだ。

伝説によると、応仁《おうにん》の乱で罹災《りさい》、そして再建以来そのままという。

幽水荘は基本的に木造二階建てだが、長年にわたる無計画な増改築のためにいびつな形をしている。一階部分は東側へ大きく膨らんでいるが、それもやけに生物的な膨らみ方であって、建築学的意匠というよりは自然界の驚異を感じさせる。東側に膨らんでいる謎《なぞ》の複合体の中は大家の住まいになっているということだが、大家の姿はまったく見ない。

高藪の部屋は一階の二号室だった。

部屋の壁のうち一面はパンク状態の本棚である。もう一面はＡＶ機器が複雑に絡《から》まりあって一つの巨大な機械生命体と化している。もう一面には小さな机があり、彼がパーツを集めて自作したコンピュータが点《つ》きっぱなしになっている。部屋を見ればその人が分かるとよく言われるが、この部屋を見て分かるのは痛快なまでに肥大した知的好奇心の姿である。

私が初めて彼の下宿を訪ねたとき、彼はちゃぶ台に覆《おお》いかぶさるようにして、小さな黒い部品を組み立てていた。

「それは何？」

私は彼の手元を見て尋ねた。

「木工細工のパーツだ。これを組み立てて、物理実験器具の模型を作ってる。そこに完成したやつがあるだろう」

積み上げた古い教科書の上に、小さな器具が置かれていた。木製ながら、絵具とニスをつかって、まるで金属製品のような光沢を出している。見事なものだ。彼によると、明治時代に高等学校の物理講義で使われていた実験器具の模型だという。木でそれらしく作った模型だから、実際には使用できず、趣味人の部屋を飾るぐらいしか役に立たない。

「役に立たねえけど、面白いだろう」

彼は木片を弄《もてあそ》びながら言った。

「なるほど、よくできてる」

「古い実験器具とか工学モデルというのは美しいよな」

彼は不敵に微笑《ほほえ》んだらしいが、自信に満ちあふれた笑みは無精髭の中に埋没してしまって、ただ漠然とした頬のひっつれぐらいにしか見えない。彼がつねに凶器のような剛毛を顔面に生やしていないと気がすまないのは、剛毛の森深くにもぐりこんで隠れてしまおうという欲求が働いているのかもしれぬ。あるいは「俺に近づいちゃ怪我《けが》するぜ」という生態学的シグナルなのかもしれぬ。実際のところ、彼が頬ずりすれば、どれだけ可愛い女性も血まみれになるだろう。だから心優しい彼は誰にも頬ずりしない。頬ずりも許されぬまま、ますます剛毛に埋もれてゆく。じつに、じつに愛すべき男であった。

○

生協の食堂で、「イケてる」イベントサークルの卓上広告を見たことがある。他大学とのコンパ、夏は海、冬はスキーなどの魅力的なイベントが、毎年五〜六人が過労死するほど盛り込まれているそうである。まだその活動を実際に目撃したことがないので、ひょっとすると架空の組織なのかもしれないが、私と飾磨《しかま》はふいに怒りに駆られ、彼らに対抗するために「イクてない」イベントサークル「男汁」を結成しようと企てた。女性にも広く門戸を開放したが、皆門前を素通りした。しかし、八月中頃に男十人スシ詰め鍋《なべ》パーティを計画して、あやうく死者を出しかけ、即日解散となった。自分たちを可能な限り痛めつけることで、何モノにも負けない強固な精神を養うつもりが、やや痛めつけ過ぎ、たかがキムチ鍋に負けて昇天するところだった。少なくとも鍋は冬にするものである。

その復讐戦《ふくしゅうせん》もかねて、私の下宿で鍋が開催された。牡蠣《かき》鍋である。

下準備の段階で、飾磨がなぜか白菜を口汚く罵倒《ばとう》し始め、井戸がトリの笹身《ささみ》肉を切るうちに何かエロティックなものを妄想して没我の状態になってしまい引き剝《は》がすのに苦労したほかは、鍋はつつがなく進行した。冬の鍋というものは誰の心をも分け隔てなく、温かく包み込んでくれるものだ。

高藪は酒豪なので、持参の酒瓶を一本抱え込み、飲むにつれて砂鉄のような無精髭の奥でにやりにやりと謎めいた笑みを湛《たた》え始めた。なにがおかしいのか分からない。残りの三人は燗《かん》した日本酒をちびりちびりちびりと猫のように舐《な》めあっていた。

「てめえ、ロンドンで何か見つかったのか」

高藪が昔の話を蒸し返した。

四回生の春、農学部から逃げ出した私は、日本からも逃げ出して、一ヶ月ロンドンをふらふらしていた。高藪や飾磨は、私が「自分探しの旅に出た」とさんざんからかったものである。「探さないと見つからないようなものは大したものではない」というのが高藪の主張であり、たしかにちょっとやそっとでは隠しようもない自己を持て余している彼にすれば、まったくその通りであろう。しかし、ちょっと海外に行ったぐらいでナニモノカを見つけた気になっている若者どもといっしょくたにされるのはかなわん。

「見つけた」

私は言った。

「何を？」

高藪はびっくりしたらしい。

「自分」

「どこで？」

「大英博物館に陳列してあった」

飾磨がずるずるとマロニーを啜《すす》り込みながら、「そんなところにあったら、そりゃ見つからんよなあ」と、しみじみ言った。

「自分っつうのは、どういう風に落ちてるもんなの？」と高藪。

「これぐらいのブリキの箱に入っていて、可愛いリボンがかかっていた。それはもう、感動的な出会いであったという」

「いい話ですねえ」

井戸が言い、高藪は溜《た》め息をついた。

「そうなると、俺のもどこかに落ちてるんじゃねえか」

「あるだろう。たぶん月面あたりに」

○

宴もたけなわになったあたりで、窓の外をザッと風が叩《たた》きつけるような音がしたと思うと、大雨になった。ごごごと地鳴りのような音がした。

「雷か」

飾磨が、ふいに弱々しい声を上げた。この男、往来で雷に出会おうものなら、電撃に打たれる確率を引き下げるために今出川通りを匍匐《ほふく》前進するような男だ。

「遠いよう」

井戸が耳を澄ませながら、慰めるように言う。

「へそ隠せ。へそ取られるぞ」

飾磨が叫んだ。「へそなんかいらんけど」

「昔から分からないんだが、避雷針というのはなぜ雷を避けられるんだろう？　あんな風にぴょんと空へ飛びだしていたら、あそこへ雷が落ちそうな気がするんだが」

私が馬鹿《ばか》をさらした。

「理系のくせに避雷針の仕組みも知らないのかよう」

高藪がうめいて、幸福そうな笑みを湛えながら解説を始めた。

「雨雲の中に電荷が溜まっていくだろ、それでぎりぎりいっぱいになったら、空気中をばりばりと電気が流れるわけだよ。それが雷だろ。問題はぎりぎりまで溜めるってことでな、この雨雲に溜まった電荷を少しずつ少しずつ地面に逃がしてやることができたら、雷が起こるまで電荷を溜め込まないですむわけだ。避雷針は電荷を逃がす通路さ。そういえば、昔は雷って天罰だったからさ、避雷針が発明されたあとも、教会は避雷針を立てるのを拒否したんだぜ。教会に天罰なんか下るわけないからな。ところが街のほかの家が避雷針を立てるようになると、教会というのはたいてい高い建物だから、教会だけに雷がバンバン落ちるようになってよ。イタリアのどっかの街で、火薬を教会に保管してたら、そこに雷が落ちて、街が半分吹っ飛んだんだと。けけけ」

「道行く女性を襲う男が雷としたら」

井戸がぶつぶつ言う。「避雷針はＡＶかな」

「おまえね、そうやってシモにばかり結びつけるのはいかんのよ。たとえ抜群に理解しやすくなるとしてもね」

高藪が静かに諭すと、なぜか飾磨が反論した。

「なんでだよ？　なんでいけない？」

「そんなことばかり言っていると、身体《からだ》からそんなオーラが出るからだよ。てめえのザマを見てみろ」

飾磨は両手を広げて自分を見下ろし、わなわなと震えた。

「ちくしょう、本当だ。何なんだ、この輝きは」

「男汁だよ。バカヤロウめ」

高藪は言った。湯呑《ゆの》みに酒を注いだ。

「両親にもうしわけないと思え」

○

井戸浩平について記す。

私には及びもつかないという点で、彼は高藪や飾磨以上の人物であった。精神のところかまわず深い穴を掘り、自らそこへ身を投げ続ける彼の生きざまを見ていると、我々が弄んでいる怨念《おんねん》など取るに足りないものだと思えてくる。まさに精神衛生上の茨《いばら》の道を、彼は魂から血を流し、涙を流し、汗を流し、ほかに何だかよく分からない汁をいっぱい流して、ひいひい言いながら生きていた。いつ壊れるか分からないそれでも決して壊れないというぎりぎりの緊張感から、我々は彼に一目置かざるを得なかった。

普段の彼は言葉少なである。そうして世間のあらゆるものに対する容赦のない怨念をじくじくと培養している。時にそれが噴出し、彼は凄《すさ》まじい気炎を吐くが、後になってその気炎を吐いた自分を軽蔑《けいべつ》し罵倒し、より一層深い泥沼へと身を沈め、そうして我々でさえ溜め込むに躊躇《ちゅうちょ》するような怨念をさらに溜め込むのである。私はそこに悪夢のような循環を見た。まるで彼は苦行に励む修行僧のように生きていた。

たまにはちょっと休んだらどうかと、さすがの飾磨も漏らすことがあった。「凹《へこ》んでいるやつに言ってやることなど何もない」と言いながら、彼にも戦友を気遣う心はある。しかし井戸にしても、休めるものなら休むに違いない。休めないから井戸なのである。

私が水尾さんをめぐって海老塚《えびづか》先輩と揉《も》め事を起こしたときの彼の暗躍ぶりは忘れようがない。その暗躍ぶり卑劣ぶりは見事なものであったが、ここに書くのは憚《はばか》られる。それを敢《あ》えて諫《いさ》めなかった私の卑劣ぶりもなかなか見事なものだが、やはり書かない。

飾磨、高藪、私、この三人だけが、彼の怨念の網を逃れていた。少なくともそう願う。そうでもなければ、井戸が息を吸う場所がなくなってしまうからだ。逆に言えば、我々以外の世の中全《すべ》て、この地球上に蠢《うごめ》くあらゆる人間たちに対して、彼は宿命的な憤《いきどお》りを感じていた。できるだけ彼らが不幸になることを、彼は祈った。

「みんなが不幸になれば、僕は相対的に幸せになる」

彼は言った。

いつ果てるとも分からない法界悋気《りんき》の泥沼の中で、彼が摑《つか》んだ一世一代の名言と言うべきであろう。

○

やがて井戸が四畳半のすみで三角座りをして、一人静かに凹み始めた。分厚い緞《どん》帳《ちょう》が天井から下りてきて、彼をくるりと囲んでゆく。「またシモネタを言ってしまった俺って醜くて最低だ」と思っているらしい。

「高い場所に置かれた物体は位置エネルギーを獲得する」

高藪が唐突に言った。

「それが落下するときには、位置エネルギーが運動エネルギーに変換される」

「なに言っとるの？」

鍋の残りを突っつきながら、飾磨が怪《け》訝《げん》な顔をした。

「もし精神が位置エネルギーを持つとしたら、落下するときにはエネルギーを放出するはずだ。それを利用できればなあ」

我々は人類を救うことになる絶大なエネルギーを想《おも》った。挫折《ざせつ》、失恋、死に至る病、あらゆる苦悩が有益なエネルギーに変換され、自動車を走らせ、飛行機を飛ばし、インターネットは繋《つな》ぎ放題、アイドルビデオは見放題となる。これほど素晴らしい未来はない。そうなれば井戸のように過剰な苦悩を抱える者が人類の救世主として脚光を浴び、暑苦しいポジティブ人間はまとめてお払い箱である。彼の時代が来るのだ。

「僕はまずそのエネルギーをつかって、鴨川《かもがわ》に座ってる男女を焼き払います」

井戸は四畳半の隅に発生した暗澹《あんたん》たる沼地から顔を出して言った。場内から「異議なし」という声が上がった。

鴨川に等間隔に並んでいる男女の群は有名である。彼らが一定の距離を置いて並んでいることから、一般に「鴨川等間隔の法則」という名で知られている。夕刻に鴨川に出る孤独な学徒たちにとって、この不快な難問は解決されたためしがなく、解決しようという奇特な人間もいない。我々はしばしば幸せそうに並ぶ男女の間に強引に割り込み、男女男女男女男男男男女男女男女男女という「哀《かな》しみの不規則配列」を作ってみたが、奴《やつ》らは大して見栄《みば》えのするわけでもないお互いの顔面表皮を眺めるのに夢中で、我々のいじましい苦闘など眼中になく、かえって深い痛手を負うのは我々であった。それでも二三ヶ月もたつと、またむらむらと湧《わ》いてくる悋気の矛先の向けようがなく、我々は性懲《しょうこ》りもなく再び「鴨川等間隔の法則」との過酷な戦いを余儀なくされるのであった。

「しかし、もし凹んだ人間からエネルギーが取り出せるということになると、彼らは一躍、人類の明日を担《にな》う人材になるわけだ。そうなると彼らは得意になるだろう。凹んでいるわけにはいかんわな。で、今まで凹んでいた人間たちが、一気にポジティブ人間になってしまう」

高藪はどうでもいいことにこだわっていた。

「それでは、あっという間に資源の枯渇《こかつ》がやってくる」

「ジレンマだねえ」

鍋《なべ》の残りが少なくなったので、私は即席麵《めん》を入れた。ぐつぐつと湯が煮立つのを待ちながら、我々は何となく言葉少なになった。井戸は憂鬱《ゆううつ》の緞帳の向こうへまた隠れてしまって姿が見えない。飾磨はほぐれてゆく麵を見つめつつ不穏なこと卑猥《ひわい》なことあんなことこんなことを考えているらしい。高藪は胃の腑《ふ》へさらに酒を注ぎ込みつつ髭《ひげ》にまみれてにやにやしている。私は煙草《たばこ》に火をつける。雨の中を車が走り抜ける音が、ときおり聞こえた。時刻はすでに十二時を回っていた。

「あ、煙草くださあい」

井戸が緞帳の隙間《すきま》から申し訳なさそうに手を出したので、私は一本渡した。井戸は申し訳なさそうに口にくわえて、申し訳なさそうに火を点《つ》け、部屋の隅の暗がりに向かって申し訳なさそうに煙を吹き出した。

「我々は、何を話してるんだろうな」

高藪がふいに言った。

「こうやって五年間、何を話してきたんだろうな」

「まあ、いつもこんな調子だったからねえ」

私は来《こ》し方五年を思い描きながら呟《つぶや》いた。この五年間の、どの時点をとってみても、金太郎飴《あめ》のように同じ光景が浮かんだ。

「そうそういつも役に立つことばかり喋《しゃべ》れん。だが、それにしても、この壮大な無駄は何なのだろうな。何かこう、罪深いよな」

「それが我々の戦いであった」

飾磨が言った。

「何の戦いだ」と高藪は湯呑みの縁をくわえながら問い返した。

飾磨は鍋の中をのぞきこんだまま、笑みを浮かべた。いささか微妙すぎて、表現に困るような笑みだった。

「分からん」

彼は呟き、そして我々は雨の音に耳を澄ませた。

○

気がつくと、飾磨が畳にすっくと立ち、演説をしていた。

「諸君。先日、元田中でじつに不幸な出来事があった。平和なコンビニに白昼堂々クリスマスケーキが押し入り、共にクリスマスケーキを分け合う相手とていない、清く正しく生きる学生たちが心に深い傷を負ったのである。このような暴虐《ぼうぎゃく》を看過することが出来ようか。否《いな》、断じて否である。昨今、世の中にはクリスマスという悪霊《あくりょう》がはびこっている。日本人がクリスマスを祝うという不条理には、この際目をつぶろう。子供たちに夢を与えるのも結構だ、たとえそれがケルトの信仰を起源とする正体不明の白髭ジジイが叶《かな》える「物欲」という夢であっても。しかし昨今の、クリスマスと恋愛礼賛《らいさん》主義の悪《あ》しき習合まで、許してやる筋合いはない。高らかに幸せを謳歌《おうか》することが、どれだけ暴力的なことであるか。京都の冬を一段と冷たくし、多くの人間に無意味な苦しみを与える、この厚顔無恥の大騒ぎ。日本人はもう一度、節度を取り戻さねばならぬ。かかるクリスマスファシズムに、我々はこれまでロシア的宿命主義の名のもとにひたすら我慢を重ねてきた。キリストの誕生日が過ぎるまで、我々は街を自由に歩くことも許されぬまま、ひどい不自由を余儀なくされてきた。しかし、ここにはっきりと言いたい。聞きたくもない幸せの謳歌を聞かねばならぬ義理はないのだと。世間から疎《そ》外《がい》されているという不合理な劣等感を味わいながら、下宿で鍋を囲んで鬱々としていなければならぬ義理もない、人並みに学生生活を送っていないだのクリスマスを共に過ごす恋人もいないだのと無益な煩悶《はんもん》を抱えねばならない義理もないのだと。たしかに彼らはたくさんのサンプルを目の前に並べ、諸君に「幸せ」を提示して見せるだろう。クリスマスを共に過ごす異性がいるということ、それをさも学生の本分であるかのように声高に説くだろう。黙れ、黙れ。学生の本分は学問である。恋にうつつを抜かすヒマがあったらもうちっと勉強せいやコラ。失礼。私としたことがやや興奮してしまった。ともかく。日々、あたかも我々に幸せのありかを教えて上げると言わんばかりの大合唱、じつに傲慢《ごうまん》極まりない。幸せのありかなんぞ教えていらん、私の幸せは私だけのものだと、声を大にして言いたいのである。しかしこの声は聞こえまい。彼らのわめき声があまりに大きいからだ。彼らがそうまでして我々の心の平安を掻《か》き乱すつもりならば、我々にも考えがある。我々も彼らの大切な一日をめちゃくちゃにしてやることができる。何が特別なのか知らんが、世間ではクリスマスイブは特別である。クリスマスイブに比べたらクリスマスイブイブは重要ではない。ましてクリスマス当日などはなおさら無意味である。クリスマスイブこそ、恋人たちが乱れ狂い、電飾を求めて列島を驀進《ばくしん》し、無数の罪なき鳥が絞め殺され、簡易愛の巣に夜通し立てこもる不純な二人組が大量発生、莫大《ばくだい》なエネルギーが無駄な幻想に費やされて環境破壊が一段と加速する悪夢の一日と言えるだろう。彼らが信じ込んでいるものがいかにどうでもいいものか、我々が腹の底から分からせてやる。今年のクリスマスイブ、四条河原町を震源地として、ええじゃないか騒動の再現を提言するものである」

我々はやんやと拍手喝采《かっさい》した。

そして「ええじゃないか騒動って何だ？」と思った。

○

早朝七時、私はコンビニに買い物に出かけた。ビニール袋を下げ、下宿に向かって坂道を上る間に、昨夜のことが思い出されてきた。

部屋には、まだあの強烈な三人の男がいる。私の部屋は充満する男汁で腐敗したような匂《にお》いを放っていることであろう。こんなに清々《すがすが》しい朝なのに、その異様に歪《ゆが》んだ空間へ戻って行くのは気の重くなる行為である。自分の身体《からだ》からも同じ汁が出ていることは重々承知しているが、やはり他人の汁は他人の汁である。私はそのまま大文字山に駆け上がって琵琶湖《びわこ》まで走っていきたくなったが、さすがに彼らを追い出してひと眠りしたいと思い直し、下宿の玄関をくぐった。

ぼんやりとした午前の光が照らし出す廊下を歩いて、自室のドアを開けると、想像以上に濃厚な男たちの匂いが溢《あふ》れ出してきた。それはまるで実体をもつ粘着物質のようで、私は頭からつま先まで急にぬめぬめと糸を引き始めたような気がした。ブラインドが閉まっているので、部屋の中はまだ暗い。変な匂いがする。また高藪《たかやぶ》がスルメをライターで焼いたのだ。愛すべき偉大なるオヤジめ。畳の上には、牢獄《ろうごく》に詰め込まれた人間のように痛々しい寝顔をした男たちが転がっていて、足の踏み場も無かった。

私は死屍《しし》累々《るいるい》の四畳半を横切り、ブラインドを開けた。部屋の中はやや健康的な明るさを取り戻した。ドアと窓を開け放したので、淀《よど》んだ空気の中にサッと清涼な朝の空気が流れ込んでくる。飾磨が不機嫌そうなうめき声を上げて、抗議の意を表明した。

「寒いよう」

「起きろ」

私は容赦なく言うと、ポットを開けて水を足した。

「おはようございます」

井戸が申し訳なさそうに正座して言う。

「高藪は？」

「やつがそう簡単に起きるわけがない」と飾磨がうめいた。

一夜のうちに髭がますます伸びて、高藪の寝顔はなにか、こう、物凄《ものすご》いことになっていた。一段と掻き乱された毛髪をからませた巨大な顔がごろんと転がっている有様は、なにやらクトゥルー神話大系を思わせる。もしゃもしゃと毛に満ちた鼻孔がくわっと天をむいて開いていて、のぞいていると吸い込まれそうになった。私は買ってきた綿棒を取り出し、彼の鼻孔に優しく突っ込んだ。

高藪が心地よく目覚めたところで、男どもはもぞもぞと帰り支度を始めた。

「おい、朝か？」高藪は言った。

「昼だよ昼」と私。

「朝なのか？」高藪がまた言った。

飾磨が下宿から持ってきた鍋を丁寧に水洗いしながら、

「この朝の気だるさがたまらん。夜明け前に帰るつもりだったのに」と言った。「なんかこう、皆で飲んだ夜明けって、痛々しいな。なぜだ」

「夜明けじゃなくても痛々しい。生きてるだけで痛々しい」

私はカップ麺の蓋《ふた》を開けながらうめいた。

「ああ、身体が痛い。尾骨が、恥骨が」

井戸がぼきぼき身体を鳴らしながら言う。ジャンパーを羽織っただけで朝まで畳に転がっていれば、身体も痛くなるだろう。しかし恥骨はおかしい。

「いいなあカップ麺……俺の分はないのかよう」

高藪が目をショボショボさせながら言うが、私は意に介さず、ポットの湯をカップに注いで蓋をした。

「耳の奥が痒《かゆ》いのよ」

私は綿棒をつかいながら言った。

「どうでもいいけど、あの起こし方はやめてくれ。頼むから」高藪が泣き声で言う。

「知ったこっちゃないね。ところで、今日は研究室に行くのか?」

「いや、もういい。下宿帰って寝るわ」

高藪はうがががと百獣の王のような欠伸《あくび》をした。

「井戸は？」

「僕も、もう帰ります。研究室なんか行ってられませえん」

井戸は丁寧な口調で、しかも吐き捨てるように言った。彼は実験で失敗が続いている上に教授とも馬が合わないらしく、研究室にあまり顔を出していないようであった。

「あ、仮面ライダーが始まってる」

ふいに高藪が叫び、テレビをつけた。

○

時は幕末。慶応年間である。

下関では高杉晋作《しんさく》が三千世界の烏《からす》を殺しぬしと朝寝がしてみたいと全く私も同感なことを呟きながら死んで、京都では新撰組《しんせんぐみ》が四条通りをのし歩き、坂本龍馬が万国公法片手になんだか薄汚い格好で暗い小路をうろうろし、将軍慶喜《よしのぶ》によるヤケッパチ大政奉還が目と鼻の先に迫りつつある頃合いである。あちこちでお札が降ったり、生首が降ったり、あろうことか十六歳の美女が降ったりして、「ええじゃないか騒動」は始まった。

騒動はじわじわ広がって、人々は「えじゃないかえじゃないかおそそに紙はれ破れりゃまたはれえじゃないかえじゃないか」と叫びつつ、太鼓を打ち鳴らし、一日中踊り狂って、町中を練り歩いたそうである。痛快なまでに、何が何だか分からない。踊り狂う人々は金持ちの人間の家を見つけてあがりこみ、めちゃめちゃに騒ぎ回ったあげく、めぼしいものがあると「これくれてもえじゃないかえじゃないか」と叫びだすのだが、そうなると家主の方も「それやってもえじゃないかえじゃないか」と言うほかなく、そうして人々は何でも持って帰ることができたという。痛快にもほどがある。

ええじゃないか騒動の背景には、京都で暗躍する討幕派の陰謀があったとか、江戸時代からある伊勢《いせ》信仰「お蔭《かげ》参り」の影響があるとか、そういう歴史的詳細は私には説明しがたい。読者は信頼のおける参考文献を読まれるがよかろう。しかし、そのような由緒《ゆいしょ》正しき歴史書を隅から隅まで舐《な》めるように読んだところで、「クリスマスを楽しむ男女たちへの法界悋気《りんき》を持て余した若者が起こした壮大なる反対運動」という説明は見つかるまい。

飾磨《しかま》はどこから「ええじゃないか騒動」を思いついたのか。

私は群衆が富者の家に踊り込み、「これくれてもえじゃないか」と叫んで略奪を働く場面を思い描き、やや嫌な予感に駆られた。

まさか飾磨は、ええじゃないか騒動のどさくさに紛れ、四条を歩いている男女に近づき、「これくれてもえじゃないか」と女性を抱え上げて「えじゃないかえじゃないか」と連れ去るつもりではあるまいか。

あの飾磨にかぎってそんなことはあるまいと思ったが、あの飾磨だからそんなことも有り得るとも思えて、私は不安になった。

飾磨よ、頼むから紳士であれ。

私は願った。

○

私が三回生のとき、水尾さんが入部して、海老塚《えびづか》先輩と私の間にやや面倒なことが生じた。馬鹿馬鹿《ばかばか》しい話なので、詳細には語るまい。愉快な話ではない。

当時の私は妄念に目がくらんで理性を失っていたから、学業も何もかも放擲《ほうてき》して画策した。私をけしかける飾磨の存在も大きかったし、海老塚先輩に対して満腔《まんこう》の憎悪《ぞうお》を燃やす井戸の暗躍もあった。それはもう、恐ろしいまでの暗躍ぶりだった。

いずれにせよ、先輩は手をひく羽目になった。

その冬、卒業してゆく海老塚先輩たちの追い出しコンパが開催された。先輩は坂本龍馬よろしく和服姿で参加した。何のつもりか分からなかった。

二次会は木屋町にある料理屋だった。障子の外には高瀬川が流れている古風な店で、我々は鍋《なべ》をつついた。私は海老塚先輩と一緒の鍋をつつくことになった。先輩は珍しく酒を押し付けてくるようなこともなく、ぎらぎらと目を光らせながら飲んでいたが、それがかえって不気味だった。

「食えよ、おい。もっと食えよ」

先輩はそんなことばかり言い、私はもう気が気でなく、あまり煮えていない牡蠣《かき》を口につめこんだりしていた。

先輩はべろべろに酔っぱらって、模造刀を出した。それが模造刀と分かっていても、なにやら異様な迫力があった。先輩は何も言わずに、電燈《でんとう》の明かりを映したりして、宙をこね回すように刀を動かした。

やがて先輩はバッと立ち上がり、私は斬《き》り捨てられるかと思って顔をひきつらせた。先輩は川に面した障子を開け放すと、窓を乗り越えて外へ出て行った。ばしゃばしゃと水音がした。座敷にいた誰もが唖然《あぜん》として先輩を見ていた。

先輩は高瀬川の水を蹴《け》り上げてひとしきり暴れたあげく、「来いやあっ」と叫んだ。木屋町の夜の明かりを受けて、刀がきらきらと光っていた。先輩は何かわからない大きなものに斬りかかり、そのまま走って行った。

そして先輩は姿を消した。私はそれ以後、先輩の姿を見なかった。聞くところによると、先輩はその夜の追い出しコンパの費用を踏み倒したそうである。

○

こつこつこつと音がして、私は目を開いた。時計を見ると深夜二時である。こつこつこつとまた音が鳴った。私はびくりと上半身を起こした。誰かがドアを爪《つめ》でこするような音を立てている。

いきなり「どんっ」と凄《すさ》まじい音がしてドアが揺れた。私は布団《ふとん》の上で飛び上がった。「どんっ」「どんっ」と誰かがドアを殴りつけているらしく、ただでさえ貧弱な板張りのドアは今にも崩壊しそうだったが実際のところ崩壊しそうだと思う余裕もなく崩壊した。穴が開いて、そこから屈強な腕がぬうっと部屋の中に入ってきた。冬だというのに腕まくりしてあるので、もじゃもじゃに生えた体毛が剝《む》きだしになって、とても男臭い。

「いるのは分かっとるぞぉ」

相手を腹の底から震撼《しんかん》せしめる、海老塚先輩の声が聞こえた。

「落ち着いて下さい、先輩。話せば分かる」

「むろん、分かってる。だから、お前を殺してやる」

「あっ、あっ、いまの台詞《せりふ》は脅迫ですよ。警察につかまりますよ」

先輩の腕は私の方向へグッと差し向けられた。

「あのとき、ようやく幸せになれると思ったのに、お前のせいでダメだった。自分は彼女をつかまえて、そうして振られる俺をはたから見て、へらへら笑ってたんだろう。ちくしょう、許せねえ。男の風上にもおけん」

「そんな、滅相《めっそう》もない」

「俺はただ人並みに幸せになりたかっただけだぞう。それを、ことごとく、邪魔しやがって、てめえというやつは」

「そんな大げさな」

私は思うように動かない身体《からだ》をずるずると壁際《かべぎわ》に寄せて、身を縮めた。

「あれから全部おかしくなった。お前のせいだ。お前のせいだ。殺してやるぞう、このやろう」

先輩は咆哮《ほうこう》するように泣き出して、いっそう激しく暴れ出した。貧弱なドアがめりめりと音を立てて破けて、何か恐ろしいものに変貌《へんぼう》した海老塚先輩が飛び込んできた。

そこで私は目覚めた。

○

いやな夢を見たせいで寝汗をかき、気分が悪かった。濡《ぬ》らしたタオルで身体を拭《ふ》いて服を取り替えてから、布団にもぐりこみ、心をひそめて夏目漱石《そうせき》を読んだ。しかし「明暗」を読んでいるとますます重苦しい気分になってきて、ついには呼吸するのが困難になってきた。私は漱石を放り出した。ふいに遠くのほうで「プオー」という不思議な音が聞こえ、私は聞き耳を立てた。

下宿の部屋にいても足先から凍ってゆくように感じられる冬の深夜、そんな不思議な音を鳴らして、ラーメンの屋台が来る。これまでに何度か、冬の寒気の中へ思い切って飛び出して追いかけたことがあるが、いずれも徒労に終わった。屋台に逃げられるのは、ひどく空《むな》しいものである。

寒空の下をとぼとぼと引き返しながら、私は父から「猫ラーメン」という屋台の話を聞いたことを思い出したものだ。父は三十年前、大学紛争のごたごたが続くまっただ中、私の下宿の近くで学生生活を送っていた。そんなとき、父は「猫ラーメン」を食べたのである。それはちょいと奇抜な屋号に過ぎないと思うのだが、父はそのラーメンが猫から取ったダシで作られていたと主張してひかなかった。何でも鍋の中に猫の骨らしきものが浮かんでいたというのだが、何ごとにつけ我が子を煙《けむ》にまくのを好む父が言うことだから、素直に信じるわけにはいかない。しかし、父は「うまかった」と断言した。いつも私の目と鼻の先を逃げて行くあの姿無き屋台ラーメン屋は、ひょっとして「猫ラーメン」なのではないか。そういう妄想を、私は捨てきれずにいた。

凍《い》てつく寒さを想像して、私は布団の中で逡巡《しゅんじゅん》したが、猫ラーメンへの好奇心は断ちがたい。ついに思い切って、服を着替えてコートを羽織り、夜の北白川界隈《かいわい》へと走り出た。

○

猫ラーメンは、またしても私の目と鼻の先をかすめて、夜の町へ消えていった。

ああ、父が食べたという「猫ラーメン」が食べてみたい。置いてけぼりにされた私は切実に思った。

ふいに父や母のことが胸に迫ってきた。いかなる人間に対しても譲歩するつもりは更々ない私だが、地球環境と父と母だけには頭が上がらない。これればかりは認めざるを得ない。私は高邁《こうまい》な理想に向かって有意義に日々を戦い抜いており、これもいずれ山よりも高い父の恩と海よりも深い母の恩に報いるためとは言え、現時点における父母の心労と悲しみをいかにせん。それを考え始めると、毅然《きぜん》と前を向こうとしても、徐々に徐々に前傾姿勢になる。これは由々しき問題であり、これでは未来は見えない。しばらく実家と連絡を取っていないが、両親はどうしているだろうと私は思った。

四回生の五月、農学部の研究室から逃げ出した私はいったん実家に戻った。それからあれこれ面倒事を片づけるために京都へ帰るという時、父に手紙を渡された。

帰りの車中で読んでみると、そこには、人生に関わる大きな決断とは何か、それらの決断をする場合にはいかなる条件を考慮すべきかということが、いかにも父らしく、理路整然と書かれていた。自分でも分からないモヤモヤを抱え込んでいた私は、その理路整然ぶりを前にしてかえって途方に暮れた。手紙の末尾には自慢の息子へと書いてあった。私ほどの息子を持って父が自慢に思わぬはずがない当然のことだと胸を張りながら、私はますます途方に暮れた。

そんなことを考えながら夜道を歩いていると、私にも似合わない、若者の苦悩めいた問題がじわじわと心を蝕《むしば》んできた。何か明朗愉快な妄想に耽《ふけ》って誤魔化してしまおうと思い、意識を集中しようとしたが、うまくいかない。

私は邪眼の気配に怯《おび》え始めた。この精神的ホメオスタシスの不調は、私の尊厳を打ち砕き、地上へと引きずり下ろそうとする邪眼の仕業に違いない。どこにひそんでいるのだろう。いかにして邪眼の脅威から逃がれるべきか。

私はわくわくと落ち着かない魂を抱え、暗い町を彷徨《さまよ》い、やがて田中春菜町のあたりに差し掛かった。

○

きいんきいんと金属音のようなものが夜空を渡って行った。私は機敏に反応し、暗い町を覆《おお》う空気に耳を澄ませた。しんしんと冷えゆくアスファルトの上に、街灯がぼんやりとした白い光を投げかけていた。街灯は住宅街を通る道に沿って点々と並んでいた。白い光の中で動くものは何もなく、ただ私一人だけが息を吐いていた。白い息を蒸気のように漂わせて立っていると、彼方《かなた》に見える十字路の中を、右から左へ、きらきらと輝く叡山《えいざん》電車が通り抜けた。

私は走り出した。

きいんきいんという車輪の軋《きし》む音は遠くなったり近くなったり、非常に頼りなかった。置いていかれないように私は全身を耳にして、町内を網目のように走っている路地を右往左往した。ふと気づくと、先日、遠藤に寿司《すし》を配達するという屈辱を余儀なくされた廃墟《はいきょ》ビルの前に来ていた。廃墟ビルの向こうで、きいいいいと激しく車輪の軋む音がして、そのまま静かになった。

路地を覗《のぞ》き込むと、なんだか奥で光が揺れているらしい。私はまわりに人影がないことを確かめてから、路地に足を踏み入れた。路地の中には前と同じように様々ながらくたが積み重なっていて、暗い中では尚《なお》一層歩きにくかった。

ほとんど手探りで路地を抜け、廃墟ビルの中庭に出たところで、私は古い駅舎の天《てん》蓋《がい》に反響する発車ベルの音を聞いた。私は思わず駆け出して、黒光りする木製の古い改札を通り、煉瓦《れんが》作りの古めかしい壁を横目に見ながら、駅員も旅客もいない歩廊を駆け抜けて、二両編成の叡山電車に飛び乗った。

私が乗り込むと同時にぷしゅうと音を立ててドアが閉まった。ベルも鳴りやみ、最後の一音がくわんくわんと天蓋の間をいつまでもさまよっていた。

叡山電車は動き始めた。

私はホッと息をつき、柔らかい座席に腰を沈めた。

○

叡山電車は暗く寝静まった京都の町を抜けて行った。

夜の闇《やみ》で黒々としている車窓には車内灯に照らされた私の顔が映っていた。額を押し当てるようにして外をのぞくと、ごたごたと建て込んだ家の軒先が見えたり、ふっとひらけた漆黒の空間にぽつんと街灯の明かりが見えたりした。「ああ鷺森《さぎのもり》の近くを走っているな」と思うと、両側に塀が迫る細い道に入った。電車の両側から覆い被《かぶ》さる木々の葉が窓に当たってがさがさ音を立てた。やがて長く伸びた水路のとなりを通っている間、暗い窓の外を見ている自分の姿勢が、以前、水路の対岸から見た彼女の姿勢と同じであることに気づいた。こうして彼女は夜毎《ごと》、どこかへ通っているのだと思った。やがて電車は鬱蒼《うっそう》と暗い修学院離宮の森に入り込んだらしく、何も見えなくなった。

しばらくして暗い森を抜けると、眩《まぶ》しい光が目をついた。

車内灯はいつの間にか消えて、日光がふんわりと車内に満ちた。温かい。私は規則正しい振動に身をまかせながら、車窓の外を見た。潤《うる》んだような新緑が電車を包んでいた。どっしりとした太い木々の間を電車はずんずん進んで行った。

コンクリートの島のような無人駅に滑り込み、電車は止まった。ぶっきらぼうにドアが開くと、あたりは凍りついたように静かになってしまった。私はしばらく座席に座ったまま開け放されたドアを眺めていたが、遠い鳥の声を聞いて立ち上がった。

無人駅は木立の中にあって、葉の隙間《すきま》から漏れてくる光がコンクリートをまだらに染めている。風がゆるく渡るたびに微《かす》かに光が震えた。プラスチック製のベンチがひとつ置いてあるだけで、ほかには何もない。風雨にさらされて滲《にじ》んだ時刻表もない。耳鼻咽喉《いんこう》科や消費者金融の広告もない。灰皿もない。そうか、灰皿。私はふいに一服したくなったが、煙草《たばこ》は下宿に置いてきてしまったことに気づいた。惜しいことをしたと思ったが、いや、彼女は煙草が嫌いだから、この方が良かったろうと思い直した。

歩廊から下りて、私は木立の中を歩いて行った。歩きだすと、空気はひんやりと頬を撫《な》でるように思われた。立ち止まるとじんわりと温かい。しかし歩きだすと、またひんやりとした。木々はまばらに立っているので、くぐり抜けるのに苦労はない。

木立を抜けると、野原に出た。野原のまわりは、うるうると水を含んで盛り上がるような森に囲まれていた。広い皿の底にいるようである。その皿の底には冷たい液体が溜《た》まっていて、その液体をかき分けながら皿の底を進んでいるような気がする。さくさくと草を踏む自分の足音だけが聞こえる。私は少し口笛を吹いてやった。

野原の真ん中に、見覚えのある本棚があった。私が彼女の誕生日に贈り、二人してえっちらおっちら家具屋から彼女のマンションまで運んだものだ。でかい本棚を長々と横向きにして、私と彼女が東大路《ひがしおおじ》通りを横断して行くのは、相当妙な光景であったろうと思う。本棚には山本周五郎、谷崎潤一郎、そして源氏物語が並んでいた。私は源氏を手に取り、ぱらぱらとめくってから本棚に戻した。宇治十帖《じゅうじょう》に辿《たど》り着こうとし、「えいや」とかじりついたものの読書力及ばず、何度も挫折《ざせつ》したことを思い出した。

気づくと、私の足下に太陽電池仕掛けのモダンな招き猫が置いてあって、明るい日差しを浴びながらゆらゆらと手を揺らしていた。楽しげでもあるし、私を馬鹿《ばか》にしているようでもあるし、楽しげに私を馬鹿にしているようでもあった。

私は溜め息をついて振り向いた。

青々と繁《しげ》る木々の向こうに、太陽の塔が立っていた。

太陽の塔は、やはり、想像よりもひとまわり大きかった。偉大と言うほかなかった。彼女が惚《ほ》れ込み、こうして大切に抱え込んでいるのも無理はないと思い、しばらくの間、私は太陽の塔に祈りを捧《ささ》げるがごとく低頭した。敗北すべき所を心得た所作であると我ながら思う。

○

私は太陽の塔から遠ざかり、野原を抜けて、プラタナスの並木を歩いた。両側に小さな水路があって、日光できらきらと輝いていた。

思いのほかファンタスティックな風景にグッと来ている自分に対して唾《つば》を吐きつつ、それでも流れる水が好きな彼女にこの風景を見せてやりたいと思ってしまう自分にさらに唾を吐き、あっちに唾を吐き、こっちに唾を吐き、喉《のど》がからからに乾いた。

彼女が森の茂みの中を猫のように歩いているのではないかと思って見回してみたが、影もかたちもない。もし彼女に会うことがあれば、遠藤という妙な男が撮影機材片手に夢の中までつきまとって彼女を盗み撮りし、しかもそいつは馬鹿でマヌケで腰抜けで嘘《うそ》つきですよと教えてやるべきかもしれぬと考えたりした。

やがて私はひっそり閑と静まった民族学博物館へ足を向けた。

彼女はそこにもいなかった。

誰もいない巨大な博物館は迷路のようで、私の足音だけがひっそりとした館内に反響した。私は幼い頃に熱心に見ていたモアイ像のレプリカをにらみ、アフリカの彫刻を眺めた。さすがに民族学博物館を貸し切り状態で見物できることなど一生あるまいと思われたので、私は有頂天になり、しばらくは彼女のことなんぞすっかり忘れていた。

そうやってぶらぶらと歩いて行くと、明るいパティオのとなりに差し掛かった。壁はガラス張りになっているので、白っぽくてがらんとしたパティオを眺めることができた。パティオの上には博物館の黒い建物で四角く切り取られた青空が見える。パティオの真ん中にでんと据えられたアステカの大きな彫刻の前に、白いテーブルが置いてあった。ちょこんと椅子《いす》に腰掛けてテーブルにつき、遠藤が何か書き物をしていた。

私は半開きになったガラス戸をくぐり、のこのこと出て行った。

あまりに静かなので私の足音はすぐに遠藤の耳に届き、彼は吃驚《びっくり》して顔を上げた。ぱたんとノートを閉じた。

「あんた、こんなところで何してるんだ」

遠藤は言った。

「そりゃこっちの台詞《せりふ》だ」と私。

「こんなところまで来るなよ」

「それもこっちの台詞だ」

私は目に痛いぐらいの青空を見上げて言った。「ここで何してる？」

「関係ないだろ」

椅子の足元には撮影機材が入っているらしい黒い鞄《かばん》が置かれていた。性懲《しょうこ》りもなく隠し撮りをしているらしい。彼女の身辺につきまとうだけでも万死に値するというのに、こんな深層まで入り込んで無許可で撮影を続けるとは。私は思わず彼を亀甲《きっこう》縛りに縛り上げてこのパティオに転がしておきたくなったが、亀甲縛りのやり方を知らない。

「あんたもあの駅に気づいたか」

彼は諦《あきら》めたように肩を落として言った。

「偶然にね」

私はテーブルのそばにあったもう一つの椅子に腰掛け、「彼女はどこにいる？」と尋ねた。

「知らない。でも、どこかにいるはずだ」

遠藤は本当に知らないようであった。

「君はこんなところまでつけまわして、それでまだ彼女には何とも言ってないのか。何をやっとるんだ。腰抜けめ」

「俺には俺のやり方があるんだ。放って置いてくれ」

彼は言った。少し哀れな風情《ふぜい》が漂った。

「悪いことは言わないから、もうやめたまえ。いつまでも小鼠《こねずみ》みたいにうろうろしていてはいけない。ますますおかしな方角へ行っちまうぞ」

「フラレ男に説教されるいわれはない」

「君はそんな風に偉そうに言える立場か」

「うぐ。言えないわな。たしかに」

遠藤は鞄をがさがさとかき回すと、小さな魔法瓶を取り出した。そして例の美味《うま》い珈琲《コーヒー》をコップに注ぐと、私に差し出した。ちょうど喉が乾いているところだったので有り難く頂戴《ちょうだい》することにした。

「ここにはあちこちに招き猫が現れるんだが、あれはなぜだ？」

遠藤が言った。

「いや。分からない。謎《なぞ》が多い人なのだよ」

私は珈琲を飲みながら嘘をついた。

我々はしばらくぼんやりと空を見上げていた。それは春の空らしく思われた。

遠藤の下宿で言い合った時にも、我々二人が顔を付き合わせているという状況に疑問を感じたことはすでに書いたが、現在の状況は前回に輪をかけて奇妙奇天烈《きてれつ》である。場所は彼女の夢の中、なのに肝心の彼女はおらず、私と彼だけが仏頂面《ぶっちょうづら》を付き合わせている。恐ろしく無意味である。彼と私にとって、コストパフォーマンスが悪いにもほどがある。

そのとき、私はここしばらく彼女の後ろ姿すら見ていないことに気づいた。私の目の前に現れるのはつねに遠藤ばかりである。そう考えると腹が立って然《しか》るべきだが、こうまで奇妙な状況に閉じ込められてみると、腹が立つ以前にその風変わりな味を楽しんでいる自分に気づいた。

「それで、君は彼女の夢の中にまで入り込んで、何か得るところはあったのか?」

私は言った。

「いや」

遠藤は首を振った。「なんにも分からない」

そこで我々は二人揃《そろ》って笑った。

「どうしようもないな、君は」

「僕はどうしちゃったんだろうな。おかしいなあ」

遠藤は空の眩しさに顔をしかめて言った。

「今の君はまるきりヘンタイだぜ」

私は言った。

「あんたに言われたくはない」

「ふん」

「言っておくけれど、本当はこんな人間じゃないんだ。彼女の回りをぐるぐる回っているうちに、こんなことになってしまった。長い長い迷いのあげく、ふと気がつくと俺はこのヘンテコな森に迷い込んでいた、というやつか」

「感情をぐずぐず弄《もてあそ》んでいるうちに腐っちまったんだな」

私は言った。

「やはり、そうだろうなあ」

「しかし今からでも、何とかできるだろ」

「どうかな」

遠藤は乾いた笑みを浮かべて、魔法瓶から珈琲を注いだ。

「できる。何とかせねばならん」

私は言った。

我々は二人して珈琲を飲み干し、しばらくぽかんと空を見上げた。相変わらず彼女は姿を現さず、我々二人の息づかいだけがパティオに響くのみであった。

「ほら、いつまでもここにいるわけにはいかんぜ」

私が立ち上がって伸びをすると、遠藤も思い切ったように立ち上がった。

「そうだ。まったく、その通りだ」

○

同じように叡山《えいざん》電車に乗り、我々は彼女の夢を後にした。

田中春菜町の路地から出てきた時には、まだ夜明けには遠かった。今にも雪が降りそうな寒さで、やはりこめかみがきんきんと痛んだ。皮膚が足りない。

「あんた、ヘンタイだけど、良い人じゃないか」

遠藤は言った。

「失敬な」

「ははは。それじゃあ」

彼は笑って手を上げ、歩み去った。

私は下宿に向かって歩き始めた。


しんしんと眠りこける夜の町を歩きながら、彼女はよく眠る人だったと考えた。

私と付き合っていた当時、彼女がパチンコ屋のアルバイトで猛烈に忙しい生活をしていたということもあるが、彼女はところ構わず、すうすうと眠り込んだ。猫のようにまん丸くなって眠る彼女を傍らに眺めながら、一人ぼんやりしていたことを思い出す。俺はいったいここで何をしておるのだろうとしみじみ思ったこともある。恋に迷った頭で、彼女が心おきなく眠りこけるのは俺と一緒にいて安心しているからだなんぞと思ったこともある。思い上がりも甚だしい。

今の私は想像する。部屋で眠りこける彼女は叡山電車にかたかた揺られ、夜の町を抜け、私の知らない遠くへ出かけていたのではないか、そしてそこには野原と森が広がって、明るい日差しが降り注ぎ、偉大なる太陽の塔が彼女を待っていたのではないか、と。

今更そんなことを切なく思う私ではないが、しかし、やはり少し切ない話ではないかと思って、私は凍ったアスファルトをとんとんと踏み鳴らした。

白川通りにさしかかった辺りで、雪がちらつき始めた。私は大好きなシナモントーストを味わうことにして、コンビニで食パンを一袋買い、御蔭《みかげ》通りの坂を上った。ゆらりゆらりと坂道を上っているうちに、先ほどの遠藤とのやり取りが思い出されてきて、ふいに私は立ち止まった。くわっと真っ白な息を吐いた。

考えてみれば、なぜ私が遠藤を慰めて、元気づけているのであろう。常軌を逸した自分の行為を棚に上げて私を罵倒《ばとう》し、私の下宿をガムテープで封鎖し、しかも昆虫王国にしゃがった男を、なぜ私は慰めていたのか。なぜ「彼女と正しく付き合わないとダメだ」なんぞと青春ドラマの良き先輩のごとき、私らしくもない暑苦しい役を演じていたのか。

私はしっかりとセンチメンタルになっていた自分に気がついた。「不合理な情動を排すだと？　この愚か者めっ！」と自分を罵《ののし》った。こんなことでは、ともにクリスマスファシズムと戦おうとしている飾磨《しかま》たちに顔向けができないではないか。

私は怒りを込めて食パンを振り回しながら、足音高く下宿に向かった。

彼女がどうなろうと、遠藤がどうなろうと、私の知ったことではない。もう二度と、もう二度と、下らない感傷に巻き込まれまいと心に誓っていた。

○

高校時代、一年で最大の行事と言えば、学園祭であった。

生徒たちは授業そっちのけで準備に走り回り、肥大した妄想に打ち込み、ときには自分たちが青春を謳歌《おうか》しているような気分になってしまったりもする。後夜祭にもなれば、さかんに燃え上がる火をぐるりと取り巻いて、浮ついた雰囲気は絶頂に達し、ぼんやりと発熱し続けているような空気の中で鉄筋コンクリートの校舎が地上三十センチぐらいは浮遊していたらしくも思うのだ。

そのどさくさにまぎれ、とっつこうひっつこうと右往左往する若人《わこうど》が後を絶たなかったのは言うまでもない。学園祭は高校生カップルの大量生産工程と呼ぶことができた。生徒の大半が慢性の微熱続きのような状況では、たいていの人間は理性を失い、あたかも自分がロマンティックな人生を生きているかのように思い込み、恋愛妄想はやすやすと閾値《いきち》を越え、あらあらあらと言う間に、仲良く一緒に下校する幸せカップルで周囲は充満してしまうことになる。理性的人間として、周囲で右往左往する若人たちを眺め、私はげんなりとしていた。あたかも残り少ない食料を奪い合うがごとき発情ぶりには苦笑を禁じ得なかった。決してああいう風にはなるまいと思った。

クリスマスとは、あの学園祭の集団的錯乱状態を全国規模に拡大したものと言える。学園祭ならば、校外に出てしまえば気にならない。しかしクリスマスとなると、どこへも逃げることができない。たとえ下宿に籠《こ》もっていても、携帯電話の待ち受け画面、あるいは大学の知人、あるいはテレビ・新聞などの各種メディアが、執拗《しつよう》に追いかけてくる。

「さあ目を覚まして。閉じ籠もってちゃいけない。もうすぐクリスマスだよ」

と、彼らは言う。

○

クリスマスが目前に迫るにつれて、飾磨の頰は痩《こ》け、眼球のみ炯々《けいけい》として、「寄らば斬《き》る」という新撰組《しんせんぐみ》めいた気迫が漂い始めた。決して道行く女性にのべつまくなし発情していたからではない。御蔭通りの定食屋「ケニア」で夕食を取るたびに、釈迦《しゃか》苦行像に限りなく漸近してゆく彼の姿を見るにつけ、彼の肉体が果たしてクリスマスイブまで耐えうるのか、疑問とせざるを得なかった。

十二月二十五日に向け、じりじりと我々を囲繞《いにょう》してゆく、クリスマスという魔の祝祭。彼はこれに全身で抵抗し、張りつめに張りつめたあげく、クリスマス当日は高熱を出して毎年寝込んだ。これは本当の話である。ことほど左様に、彼の戦いは熾烈《しれつ》を極めた。

「それで、遠藤君の方はどうなったんだ？」

ハンバーグ定食をがつがつ食べながら、飾磨は言った。

「さあね」

「おいおい、放っておいていいのか」

「もう知らんよ。どうでもいいことだ」

「そうか。それならそれでもいい。クリスマスに向けて、精神を集中しなきゃいかん時期でもあるしな」

そう言って、彼はにやりと怪しげな笑みを浮かべるのだった。

「ええじゃないか騒動」について、彼の痩《や》せ衰えた身体《からだ》の中に、どのような濃い妄想がぐるぐる渦巻いているのか。ちょっと想像するだけで鼻血が出そうになり、お腹《なか》もいっぱいになるというものだ。しかしながら、舌先で妄想を転がすのが得意な彼のことでもあるから、案外クリスマスイブに計画していることはしょうもないことかもしれないとも思われた。「ええじゃないか騒動」という間の抜けた名前からは、どうも「凄絶《せいぜつ》な戦い」は想像できない。そのあたりの微妙な判断は、普段の会話からは難しかった。

しかし、今年こそは五年もの間苦しめられてきたクリスマスファシズムに対して、最後の報復を行おうとしていることは確かであった。少なくともあの冬のような哀《かな》しみを味わうことがないように、彼のために、そして我々自身の尊厳のために、私は祈った。

二回生の頃のことである。

十二月の半ばに我々四人で四条河原町へ出かけたことがある。我々は毎年世話になっている寺町通りの鈴木レコード店を訪ね、現代文化の研究材料としてアイドルカレンダーを購入し、それから「クリスマス何するものぞ」と気軽に街をさまよってみせるつもりだったのが、思いのほか凄《すき》まじい突風にもみくちゃにされ、男四人で何をやっておるのか論争の泥沼に踏み込み、もう何が何だかわからなくなるほど不必要に傷ついたあげく、ついには三条大橋たもとの河原に追い落とされた。夕闇《ゆうやみ》の底を冷たく鴨川《かもがわ》が流れていた。我々はがたがた震えながら、橋の上をそぞろ歩く男女に呪《のろ》いの言葉をわめき散らし、顰蹙《ひんしゅく》を売ったり買ったりしていたのだが、やがてそんな元気もなくなってしまった。高藪は巨体を北風に揺らしながら「これはこの世のことならず、死出の山路の裾野《すその》なる」と歌っていた。私と井戸は無言で煙草《たばこ》を吹かし、飾磨は「ええもん安いのはいずみやー」とイズミヤの歌を口ずさんでいた。

やがて飾磨も黙り込んだ。彼の瞳《ひとみ》は彼岸に揺れる街の明かりを淡々と映した。髭面《ひげづら》の高藪だけが歌い続けていた。

「一つ積んでは父のため、二つ積んでは母のため

兄弟わが身と回向《えこう》して、昼はひとりで遊べども

日も入りあひのその頃に、地獄の鬼があらはれて
積みたる塔をおしくづす――」

○

私と飾磨は八条にある京都駅ビルを訪ねた。

階段に巨大なクリスマスツリーが設置されたという風の噂《うわさ》を聞いており、我々は「ええじゃないか騒動」に向けて意気を盛り上げるべく、言うなれば前哨戦《ぜんしょうせん》の意味を込めてツリーの下に立った。その木の下でサンタクロースを数匹仕留めて、サンタ鍋《なべ》をやろうと思っていた。

クリスマスツリーは天を突くほどの大きさで、きらきらと電飾をまとっていた。広々とした階段を冷たい風が吹き抜け、そんな過酷な条件下にもかかわらず手を取り合った男女がまがいものの木の下で記念写真を撮っていた。何を浮かれているのか分からない。我々はポケットに手をつっこんで立ち尽くし、いろいろな寒さに震えていた。おまけにサンタクロースは見つからず、サンタ肉は手に入らなかった。

そうして具合良く法界悋気《りんき》を掻《か》き立てられている時、私に電話がかかってきた。

相手は悲鳴に近い声で何やら口走るばかりで、まったく要領を得ない。何度か意味

不明のやり取りをしたあげく、ようやく高藪だと分かった。自分に惚《ほ》れ込んだ女性が現れたとにわかには信じられないことを彼は言い、完全に怯《おび》えきっている様子だった。その女性がどういう人なのか、どういう経緯で彼の前に現れたのか、電波の向こうでいかなるドラマが展開されているのか、何一つ分からなかった。

「いちおうめでたいことではないか」

私は言った。

「ありえねえよぅ。何かの間違いだよぅ」

高藪は泣き声で言った。

「何言ってる。せっかくの好機を。これを逃すとあんた、もう本当にダメだぞ」

「だって、俺によう、女なんて、俺が好きなんて、自然の理に反してるよぅ」

実際そうだと思ったが、私は敢《あ》えて彼を叱咤《しった》した。

「馬鹿《ばか》。蓼《たで》喰う虫も好きずきって言うだろ」

「今も、今も、そこのドアの前にいるんだよう。怖い。怖いよぅ」

「どーんと行ってやれ。どーんと」

「ダメだ。三次元だぜ。立体的すぎる。生きてる。しかも動いてる」

「あたりまえだ。落ち着け。この先一生、二次元世界で生きるつもりか」

私は喜べば良いのか、哀しめば良いのか、さっぱり分からなくなった。世界は残酷な神が支配する。一般社会を捨て、灼熱《しゃくねつ》の砂漠でようやく生きる術《すべ》を身につけ、ともかくも自己充足している人間に対し、なぜ今さらのように不要な恵みを垂れるのか。そっちに垂らすくらいならこっちに垂らせ。

高藪はひとしきり泣き声を出したあげく、「俺、しばらく逃げるから」という言葉を残して電話を切った。高藪という男は心優しき巨人である。その異様な風貌《ふうぼう》に気を取られていると、彼の魂が脆《もろ》いガラス製であり壊れかけのレディオであることを、ともすれば忘れそうになる。ああ、その時、私は電話の向こうでパリパリパリとガラスの砕ける音を聞いたような気がしたのだ。

「何だ？」

飾磨が不機嫌な顔をして言った。ぴうぴう吹く風が髪の毛を掻き乱しているので、彼はまるで老《ふ》け込んだ小学生のように見えた。

「高藪が壊れた」

私は言った。

実際のところ、その日彼を襲った恐怖の経緯は、今に至るも謎《なぞ》のままである。

○

高藪から掛かってきた電話は、我々の意気をゆるく砕いた。

我々は力なくクリスマスツリーの回りをうろうろして、それから帰路についた。そのまま尻窄《しりすぼ》みに終わるのはしゃくだった。何らかの対策を講じる必要がある。我々は安い炭と安い肉と高貴な魂を抱えて、銀閣寺の裏から大文字山に上った。登山口から火床までは、のんびり歩いて三十分ほどの道のりである。

大文字の火床に立つと、開けた眼下に京都の夜景が広がっていた。遠く西の果てへきらきらと続いている街の明かりの中に、御所や吉田山《よしだやま》の闇がぬうっと盛り上がっている。南に目をやると、飾磨が京都のジョニーと呼んで、その特異な存在感に賛辞を惜しまない京都タワーが屹立《きつりつ》していた。雪がちらつき、強い風が吹いていた。雄々しく冬山に立ち向かった我々だが、あまりの寒さに絶句し、さっさと肉を焼いて下山したくなった。山の神が「来んなオマエら」とお怒りになられたのかもしれぬと思い、我々は山の神に全身全霊を込めて祈りを捧《ささ》げた。風はますます強くなった。登山中にかいた汗がぴしぴしと凍りつき、関節が動かなくなった。

冬枯れした草がなびく斜面には点々と炉が設置されている。八月になれば、これらに火が入り、夜空に大の字を描くことになる。我々は手頃な炉を一つ選んで、新聞紙と炭を放り込んで網を渡した。世間では盆に行われる五山送り火のうちの一つを「大文字焼き」と言うようだが、正確に言うと「大文字焼き」とは、大文字山の火床にある炉で肉を焼くことを意味する。

新聞紙に火をつけると風に煽《あお》られた火の粉がざあっと大文字の斜面に飛び散って、我々の冷え切った肝をさらに冷やした。「大」に独力で一画を加えて「犬文字焼き」を作ることは京都の学生が必ず一度は夢見ることだが、まさか季節はずれの古都の空にまるまる「犬文字」を描くほど、我々は無思慮無分別な人間ではない。「大文字山で火事、銀閣寺を焼く」「挙動不審の二人組を目撃」などと、つまらないことで新聞沙汰《ざた》にはなりたくない。我々は飛び散った火の粉を追いかけてSWATのように斜面を転がり、ウーロン茶による消火活動に縦横無尽の大活躍だった。降りかかる火の粉は払わねばならず、振りまいた火の粉は消さねばならん。紳士はつねに防火に余念がない。

幸い、何度か失敗を繰り返すうちに火がついて、炭があかあかと安定して燃え始めた。我々はすぐさま肉を置き、手でひきちぎったエリンギとピーマンをばらまいた。魔法瓶にいれてきた温かい日本酒をコップに注いだ。我々は必ずしも立派な酒呑《さけの》みではないが、眼下に無数にきらめく街の灯を眺めながら呑む温かい日本酒は、まさに腹の底から染《し》み込んでいくうまさである。そうして肉は焼けてゆく。

今年のクリスマスは熱を出して倒れるわけにはいかないと考えた飾磨《しかま》は、日夜濃縮ウコンを飲み、有り余る男汁をさらに有り余らせているらしかった。逆効果のような気もしたが、私は何も言わなかった。ウコンのせいであろうか彼の妄想はさらに激しく迸《ほとばし》り、すでにクリスマスが目と鼻の先にあるという今日、何者かの陰謀によって計画が阻止されることを極端に恐れていた。高藪の件はナニモノカの手が我々に迫っていることの証《あかし》ではないのかと彼は言った。

国家公安委員会、陸幕調査部、下鴨《しもがも》警察署、京都府警平安騎馬隊、国際サンタクロース協会公認サンタクロース、全国ヤドリギ愛好会、松浦亜弥《あや》オフィシャルファンクラブなど、我々の敵はあまりに多い。

「警戒せよ」と飾磨は言った。

○

飾磨は女性と一度付き合ったことがある。

彼は塾講師のアルバイトをして生活費を稼いでいたが、塾生徒の女子高生をつかまえた。品良く言い直せば、職権を濫用《らんよう》してたぶらかしていてもうたのである。

そのときは、私もまだ水尾さんと出会う前であり、彼がそんな出会いをしたことに胸中穏やかでなかった。易《やす》きについた彼に対して怒りを覚え、いったんは袂《たもと》を分かとうとさえ思った。一方で、そんじょそこらの女子高生に彼の偉大さが分かってたまるかという思いもあった。なにせ彼はこの私が一目置いた男である。そんなに偉大な男を、まだ二十歳にもならない娘が弄《もてあそ》ぶのかと思うと、父親が自分より年下の娘と駆け落ちしたかのような理不尽さを感じた。

ところが。

梅田のヘップファイブに赤い観覧車がある。私はまだ見たことがなかったが、それは毎日若き男女を載せてぐるぐる飽きもせず同じ場所を回っているという話だった。飾磨は彼女と大阪へ出かけたついでに、音に聞くその観覧車に乗りに行った。

順番を待ちながら、彼は少しそわそわしていた。二人の間に交わされた言葉は想像すべくもないが、はたから見れば普通のカップルに見えたろう。やがて順番が巡ってきて、彼は先にゴンドラに乗り込んだ。彼女が続いて乗り込もうとすると、彼は厳然とそれを押しとどめた。

「これは俺のゴンドラ」

毅然《きぜん》とした台詞《せりふ》を彼女に残して、彼がぐるりと梅田の空を一周して戻って来たとき、彼女はもういなかった。これは本当の話である。

大馬鹿野郎だと言う人間もいるだろう。そして、私もそう思う。

誇りと苦渋の思いを込めて、彼はこの日の行いを、「砂漠の俺作戦」と呼ぶ。

○

二年前のクリスマスイブ、水尾さんを籠絡《ろうらく》してから半年が過ぎ、守るべきタガが完全に外れて恥の荒野を思うさま疾走していた私は、初めてのクリスマスイブを前にして脳天から尻までヘリウムを詰め込んだように浮かれていた。型にハマッた幸せを満喫してみたいという愚かしく貧乏くさい欲望に突き動かされ、彼女のマンションで食事をする約束をし、祇園《ぎおん》まで行ってクリスマスプレゼントを準備し、ケンタッキーで整理券をもらって鶏肉《とりにく》を買いさえした。

夜にマンションを訪ねると、彼女はチョコレートケーキを作って待っていた。

そこで我々三人はテーブルについたわけだが、ここでなぜそこに飾磨がいたのか説明せねばなるまい。無論、彼女と二人で甘く過ごすべきクリスマスイブに第三の男を呼ぶなど言語道断、恥を知れということになるだろうが、誤解しないで頂きたい。私が呼んだわけではなく、それは彼女が望んだことだった。彼女は飾磨という不可解な深淵《しんえん》を抱えた男にいたく興味を抱いており、私はそんな不健全な好奇心を抱く彼女を好もしく思った。思えば、クラブのときも、髭面で暗闇《くらやみ》にうずくまっている高藪に物《もの》怖《お》じせずにしゃべりかけていた新入生は彼女一人であったような気もする。それにしても、彼女が望んだからといってのこのこ顔を出すのはいかがなものかという飾磨に対する批判があるかもしれないが、それは飾磨の問題であるから私には分からない。

鶏肉をむさぼった後、彼女手製のケーキを食べているとき、私はクリスマスプレゼントを出した。それは可愛《かわい》い包装紙にくるまれ、リボンがついていた。彼女が包みを解くと、中からは太陽電池を内蔵してゆらゆらと半永久的に手招きをするというモダアンな機械仕掛けの招き猫が現れた。私は祇園まで自転車を走らせて、大枚をはたいてそれを購入し、プレゼント用に包んでもらったのである。

彼女は招き猫を手に取り、しばらくしげしげと眺め、テーブルの上に置いた。ぴんと指で弾《はじ》くと、招き猫はゆらゆらと手招きを始めた。

「私、部屋によけいなものが増えるのは嫌です」

彼女は言った。

十二月とは言え、明らかに別種の寒さが部屋の中に満ちて、私は凍りつき、飾磨は為《な》す術《すべ》もなくチョコレートケーキを切り刻んだ。ゆらゆらと力なく揺れる招き猫の手が、ひたすら時を刻むかのようだった。

私と彼女は言葉少なに痴話喧嘩《ちわげんか》を始めたらしく、飾磨が慣れない仲裁に入って事態を悪化させたり改善させたりしたような気もする。私には明確な記憶がない。ただ、こんなにも面白いヘンテコなものなのに何を怒ることがあろうかと、なぜそんなひどいことを言うのかと、全然反省していなかったのは確かである。思えばあの時点で、私は妙な夢に溺《おぼ》れて型にハマッた幸せを求めることはやめるべきだったのかもしれない。しかし私は次のクリスマスイブこそは雪辱を果たさんと心に誓い、そして雪辱の機会はついに来なかった。

大馬鹿野郎だと言う人もいるだろう。そして、私もそう思う。

誇りと苦渋の思いを込めて、私はこの日の行いを、「ソーラー招き猫事件」と呼ぶ。

ちなみにこの事件中、もっとも哀れなのは飾磨だった。彼は慣れない仲裁をすることに神経を磨《す》り減らし、ついに諦《あきら》めて「俺、先に帰るわ」と弱々しく呟《つぶや》き、一人クリスマスイブの夜空の下に蹌踉《そうろう》と出て行った。彼がその後、イブの夜をどう過ごしたのか知らない。寝込んでいたのかもしれない。

ただ、彼の妹はこの事件を面白がり、兄が何か妙なものを下宿に買って帰るたびに「私、部屋によけいなものが増えるのは嫌です」と言ってニヤニヤ笑うという悪趣味な遊びにふけっていたらしい。

事件の顚末《てんまつ》を兄から聞いて、さんざん笑い転げた彼女は、

「で、なんであんたがそこに居たの？」

と尋ねた。

飾磨には返す言葉もなかっただろう。

○

我々を駆り立てる、このわけの分からない衝動は何であろう。おとなしくしていれば、普通の「幸せ」を享受《きょうじゅ》し、堂々とクリスマス祭参加のチケットを手に入れることもできたかもしれぬ。「ええじゃないか騒動」などという何の脈絡もない暴動を画策する必要もなかったであろう。

我々のどうしようもない偉大さが、つまらない型にはまることを拒否したのだと煙《けむ》に巻くことは簡単だ。

しかし。

しかし、時には型にはまった幸せも良いと、我々は呟いたこともあったのではないか。

○

我々は寒風に吹かれながら酒を酌《く》み交わし、眼下に京都の夜景を眺めながら、来《こ》し方五年のあれこれに思いを馳《は》せた。何かしらの点で、彼らは根本的に間違っている。なぜなら、我々が間違っているはずがないからだ。我々はその言葉を念仏のように繰り返すのだったが、繰り返せば繰り返すほど街の明かりが心に染みたことを告白せねばならない。

あらかた肉も焼き終わった頃、飾磨が焦《こ》げたエリンギの破片をつまみながら、不思議な話を始めた。

京阪電車で東福寺駅にさしかかったあたりで、ゴタゴタとたてこむ家並みの向こうに京都第一赤十字病院が見える。ものものしい要塞《ようさい》か、あるいは古い工場のようにも見え、赤十字のしるしが目に入らなければ「病院」と分からないだろう。大きな病院というものは、多かれ少なかれ、怖いような、威圧的な雰囲気を湛《たた》えているものだが、京都第一赤十字病院に匹敵する建物はいまだかつて見ない。

飾磨は、昔そこに入院している女性を見舞いに行ったことがある。
ただし夢の中の話である。

当時、飾磨は百万遍の近くにある一階建てのマンションに下宿していた。今では彼も司法試験を目指して鋭意勉強にはげんでいるが、そのころはやたらと眠る男として知られていた。大学生が赤ん坊の次によく眠る人種であることは言うまでもない。経験から言えば、睡眠時間が八時間を越えると、残りの時間はさまざまな夢を味わうことに費やされる。余分な睡眠は何も生まない。ただ夢だけを生む。

彼は携帯電話を操作している。誰かとメールのやりとりをしている。相手は女性で、まるで長いあいだ共に過ごしてきたような温かさを感じる。それでいて相手が誰で、なぜメールのやりとりをするようになったか分からない。それでも、彼はメールをやりとりしながら、とても満ち足りた気持ちになる。

やがて彼女が入院したと知ったので、彼は病院へ見舞いに行く。

彼女はベッドに横たわっている。病室の中には誰もおらず、彼女が横たわる白いベッド以外には何もない。窓の外には何も見えない。灰色の雨が降っているらしく、すべてはぼやけて朦朧《もうろう》としている。彼は、彼女をどこかほかの場所へ連れてゆきたいと思う。病院にいるから、ますます悪くなるのだろうと思う。しかし雨が止《や》むまで待たねばならない。そのころには彼女も目を覚ますだろうと思う。ベッドのとなりに腰掛けて、彼はぼんやりとする。眠り続ける彼女のそばで、彼女が目を覚ますのを待っている。

やがて彼は、彼女が目を覚ますことはないことに気づく。そういえば彼女は、もう百年も眠ったままなのである。そのことを彼は、今になって思い出した。それを思い出した途端、彼は彼女がもう死んでいることに気づいた。

飾磨はその不思議な夢を脳裏から振り払うかのように、勢い込んで立ち上がった。京都タワーに向かって大声で叫んだ。

「ああ、ちくしょう。俺は負けんぞ！」

フッと口をつぐんだ。「もうそろそろ、幸せになりてえ」と呟いた。それから私の方を向き、「聞かなかったことにしてくれ」と言った。

ぐずぐずと山の上にいると、魂の勝手口まで凍りついてしまいそうなので、我々は火の始末をして山を下った。

「本当にクリスマスイブの予定はあいてるのか？」

飾磨《しかま》は言った。

「何をいまさら」

「もし、何か予定があるなら、俺はいいぞ。俺一人でもやるからな」

「私を見損なうな」

私は言った。

銀閣寺道を下った疏水《そすい》のわきで、我々は別れた。彼はお気に入りの自転車にまたがって颯爽《さっそう》と今出川通りを走って行った。

○

翌日の夜中に電話がかかってきて、飾磨が病院に駆け込んだことを知った。夜の東《ひがし》鞍馬口《くらま》通りを自転車で走っていた彼は、転倒して前方へ放り出され、顎《あご》からアスファルトに着地、五針縫う怪我《けが》をした。顎から血をしたたらせながら、彼は病院へ辿《たど》り着いたという。またも道行く女性を熱心に観察していたのか、あるいは飲み続けた濃縮ウコンのせいでかえってホメオスタシスを乱しているのか。

「へんな奴《やつ》らの声が聞こえた」

彼は電話の向こうで唸《うな》る。

「どんな声だ？」

「おーい、おーい、おーい、と太い声が追いかけて来た。それに気をとられていたら転んじまった」

「それは坊さん達だ。ときどき町中で見るだろう」

「いや、あれはそんなものじゃない。あきらかに全身タイツを着た屈強な男たちだ」

なぜそこに全身タイツが出てくるのか分からない。

「またそんな訳の分からんことを言う。ともかく落ち着け、熱が出るぞ」

「やつらは四人だ。でっかい緋鯉《ひごい》を担《かつ》いでいる」

意味不明の言葉を残し、彼は電話を切った。

相当無理が来ているなと私は思った。

たとえば。

私が百万遍の交差点に差し掛かると、「おーいおーいおーい」という声が東の方から聞こえてくるのだ。見ると、横断歩道を屈強な男たちがわらわらと渡って来る。灰色の全身タイツに身を包んでいる。何かを両手で軽々と頭上に持ち上げながら、「おーい」「おーい」と太い声でかけ声をかけ、踊るように足を踏んでいる。男たちの頭上でもごもごと動いているのは飾磨である。彼は両手両足をばたばたさせて、「うはあい」と叫んでいる。立ち尽くす私を尻目《しりめ》に、男たちは彼を御輿《みこし》のように担いだまま、大文字山の方角へわっせわっせと進んで行く。

私は四畳半の真ん中でそんな妄想をくるくると弄《もてあそ》んだ。

彼が熱を出して寝込まないことを祈った。今年こそは、せめて。

○

後ほど明らかになったことなのだが、彼を追いかけていたのは屈強な全身タイツの男たちではなかった。

その日、彼は早めの夕食を中央食堂で取った。何も考えずに豚生姜《しょうが》焼きと巣ごもり卵とみそ汁と米飯をお盆に載せて席に座ると、すぐ向かいの席に彼女が座っていた。その女性こそは、飾磨の作成した「注目に値する女性リスト」の筆頭に位置しているものの、彼の熱視線に警戒の色を隠さなくなった人物であり、今となっては街中で遭遇することを彼が極度に恐れている女性であった。

飾磨はハッとした。彼女もハッと息を詰めて彼を見たらしい。居たたまれなくなった彼は、不甲斐《ふがい》ない自分を罵倒《ばとう》しながら、平常の三倍速で食事を終え、そそくさと立ち上がった。いったい何故《なぜ》、彼が逃げなければならないのか。私は同情を禁じ得ない。
よく嚙《か》みもせず詰め込んだ食物をげふげふ消化しつつ、彼は附属図書館に入った。彼は席を見つけてしばらく民法の判例に没頭していたが、やがて飽きて、ノートにビートルズ映画「イエロー・サブマリン」に出てきた奇怪な異次元生物ジェレミーの絵を描き、やがてこれに夢中になって、ジェレミーの周囲に広がる草木や花をぐりぐりと描き込んだ。

およそ三十分ほどその作業に打ち込んでから、「ふう」と息をつき、当初の目的とは異なってしまったがともかくもひと仕事終えた満足感に浸って周囲を見回していると、遠くに座っている彼女とたまたま目が合ってしまった。ぽこぽこと林立する学生たちの頭の隙間《すきま》から、彼女は彼の目をまともに見据え、凍りついたような顔をしたという。彼は慌《あわ》てて目をそらした。少したってから目をやると、彼女はすでに筆記用具を片づけて立ち去っていた。

彼はやるせない思いに駆られ、もうそれ以上落書きをする気もなくなってしまった。また彼女と会っては困るので、用心深く少し時間を置いてから、彼は図書館を後にした。うろうろしているから間違いが起こる、もう下宿に戻って大人しくしていよう、と彼はやや意気消沈して思った。あたかも京都に自分の居場所がないかのごとく感じたという。

しかし魔がさしたのである。下宿に戻るならばビデオ屋でビデオでも借りよう、ちょうど妹は大阪の実家に帰っている、ジョニーの御機嫌を取り、己の内なる野獣の毒気を抜き、せめて少しは社会に優しい人間になって心穏やかに眠ろうと思ったに違いない。その心意気は十分に情状酌量の余地がある。だが結果は凶と出た。

彼は東鞍馬口通りを走った。

北へ向かって流れる疏水を越えたあたり、彼は照明の少ない夜道を走っていた。やがて三階建ての白いアパート前にさしかかると、通りに面した自転車置き場で若い女性が自転車の鍵《かぎ》をかけているのが見えた。電柱の弱々しい蛍光灯が、顔を上げた女性を照らした。彼女はアパートの中に入ろうとしているらしかった。

「俺は彼女をつけていたわけではない、のだ」

彼はそう語った。

ともかく、その瞬間の、彼女の驚愕《きょうがく》の表情を、彼は一生忘れまい。

彼は自転車で彼女の前を通り過ぎながら、自分はいったいどういうふざけた星のもとに生まれたものかと思った。「違うんです。尾行しているわけじゃないんです」と彼女に言いたいものの、言うに言えない、否定すればするほど、なんだか不本意な方角へ自分を押しやってしまうのは明らかという悲劇、この状況を如何《いか》にせん。あまりに情けないしかしあまりに苦い人生の味わいか何かそんなものに彼は顔をしかめ、ほんの一瞬だけ目をつぶった。そして歩道の段差にタイヤを取られ、華麗に宙を舞うことになる。

○

陰影の濃い祇園界隈《ぎおんかいわい》に出かけると、八坂神社の紅《あか》く雨に濡《ぬ》れた門が鮮やかに光っていた。夕暮れのざわざわと浮き足立つ祇園を歩いていると、かえって居心地の悪さを感じた。しかし、愛するものを取り戻すためとあれば、ここで引き返すわけにはいかない。八坂神社の石段あたりには、旅行者や学生がたむろしていて、四条通りの彼方《かなた》から照りつける鮮烈な夕日に酔いしれているらしかった。

私は足早に神社前を通り過ぎると、信号を渡って祇園交番の硝子《ガラス》戸を開けた。狭くて薄暗い交番の中では、何人かの警官が立ったり座ったりしていた。籠《こ》もっていた空気がふわりと私の顔を撫《な》でた。警官たちの視線に相対すると、飾磨の「ええじゃないか騒動」計画が京都府公安委員会に漏れ、私も警察に出頭してきたかのような妄想にとらわれた。思わず土下座して謝りたくなる卑屈な衝動を押さえ、私は胸を張って言った。

「電話を頂いたんですが」

私が名前を伝えると、親切な初老の警官が「ああどうも、御苦労さんです」と、丁寧に応対してくれた。机に座って書類に記入しているうちに、警官は裏口に回り、彼女を引っぱり出して来てくれた。

「鍵が壊されてました」

警官は言った。

そこで私はようやく愛車まなみ号と対面することになった。

思えば二週間前、遠藤に「警察を呼ぶぞ」と罵倒されて彼女を置いてけぼりにした私であるが、こうして警察の御厄介になって彼女を取り戻すことになったのである。彼女はどこの誰とも分からぬ男に乗り回されていたところを警察に保護されたと聞いた。その不埒《ふらち》な男は遺失物横領罪で処分を受けたという。当然の報いと言うべきであろう。私は見知らぬ男に対して激しい怒りを感じたが、ともかくもまなみ号は我が手に戻った。

「どうも、ありがとうございました」

私は親切な警官に頭を下げ、まなみ号と共に交番を後にした。

共に祇園へ歩み出しながら、私はまなみ号のサドルを優しく撫でた。進めると少しぎちぎち音を立てるのが気になるが、故障はいくらでも直すことができるだろう。これからはもう決して、いかなる目に遭おうとも、彼女を見捨てて逃げ出したりはすまいと心に誓った。

しばし再会の喜びに浸った後、私は黄金色の光に満ちた祇園の雑踏を見回した。せっかく祇園まで出たのだから、久しぶりに祇園会館に顔を出そうと私は思った。

祇園会館は八坂神社の近く、東大路《ひがしおおじ》通りに面して建っている。

この五年、私はしばしば祇園会館に足を運んだ。ここは流行遅れの映画を二本立てで上映している。休日はそこそこ客が入るが、平日などに来ると、ぱらぱらと一握りの豆をまいたぐらいの客しかいない。上映作品は、A級ではないものの、かといってB級と言うのも可哀相《かわいそう》な、じつにどっちつかずの映画である。そのどっちつかずぶりにも、また可愛《かわい》げがある。

その日も祇園会館は空《す》いているらしかった。

ガランとしたロビーの右手にある階段を上って、閑古鳥《かんこどり》と世間話をしているらしい女性に料金を払い、私は二階に上がった。すでに映画は始まっているが、私は慌てて客席に入るような無粋なことはしない。

私は隅に展示されて黒々と光る「栗山《くりやま》四号映写機」を眺めてから、横手の自販機コーナーへ入った。珈琲《コーヒー》を買い、黒いベンチに座って、悠々と煙草《たばこ》をふかした。通路は薄暗く、自動販売機のぶううんという音が響き、目の前にはいろいろな映画のビラが並べてあった。防音扉の向こうから、爆音や、音楽や、もごもごとして聞き取れない台詞《せりふ》が聞こえてきた。中では何事かスペクタクルな大騒動が持ち上がっているらしい。

そうして、私は地震鯰《なまず》のように息をひそめ、見てもよい、見なくてもよいという瀬《せ》戸際《とぎわ》を行ったり来たりしながら、映画の外側にうずくまる。映画の予感だけを味わうという知的で高尚な遊戯、誰にでも出来ることではない。

私が祇園会館に足を運ぶのはこうして映画の外側にむっつりとうずくまるためであり、むしろこのまま帰ってしまっても満足である。蕎麦湯《そばゆ》を飲むために蕎麦屋へ行くようなものだと言えるだろうが、私は蕎麦湯を飲むために蕎麦屋へ足を運んだりはしないから分からない。蕎麦湯を飲んだこともない。

そうしてむっつりと映画を楽しんでいると、栗山四号映写機の前に人影が現れた。私と同じようにしげしげと映写機を眺めてから、こちらに歩いてきた。我が楽しみを邪魔する奴は何者ぞと、私は鋭い一瞥《いちべつ》を投げかけた。

「なんだ、オマエか」

私は呆《あき》れて言った。

「うん」

遠藤は頷《うなず》き、となりのベンチに腰を下ろした。

「まだ俺を尾行しているんじゃあるまいな」

「違う。もうあんたに嫌がらせをする気分にはならない」

「同志だとか言うんじゃないぞ」

「そんな気はない」

「じゃあ、なぜ、こんなところに来た?」

「別に。ここの雰囲気が好きなだけだよ」

「そういえば、映画を作ってたっけ」

「うん」

「面白い映画か?」

「いや。どうかな」

遠藤は呟《つぶや》いた。「天地人の間で、この才能を信じているのは唯《ただ》一人我ばかりだ」

「ふん。そんなことないだろう」

私は鼻を鳴らして、また煙草に火を点《つ》けた。

遠藤は携帯電話を取り出した。肩を落とし、ボタンをぽちぽちと押していた。

「いざとなるとなあ」

彼はぽつんと言った。

「なんだよ」

「いざ身構えると、電話をかけるというのは難しいもんだね」

「彼女にか」

「うん」

「まだ、そんなところでぐずぐずしているのか」

私は怒って言った。遠藤は笑みを浮かべて「繊細なのだよ、僕は」と言った。

「バカヤロウめ」

「脳味噌《のうみそ》から指先はどうしてこんなに遠いのかな。動けという信号がどうやっても伝わらない」

「中学生か、オマエは」

私は遠藤のクサい台詞に身震いしながら手を伸ばすと、携帯電話を奪い取った。そして彼女に電話をかけた。

「はい」

「あ、水尾さんですか」

「はい」

そうして、私は電話を遠藤の手に押し込んだ。

彼は一瞬戸惑ってから、低い声で話し始めた。

私は傍らに座って、猛然と煙草を吹かし、なにゆえにこのような甘い甘い中学生のような恋物語の傍らに我慢して腰掛けていなければならんのかと己《おの》が悲運を呪《のろ》った。やがて、我慢して座っている必要はないと気づいて、立ち上がった。

そのまま出て行こうとすると、遠藤は「うん。明日なんですけど、うん。四条で」と電話に向かって呟きながら、私を見て、軽く頭を下げた。

その頬はほころんでいた。つい先ほどまで詰まらない心理のチエノワを持て余していた男が、一瞬のうちに、何かほかの、もっと見るに耐えないものに変わっていた。すでに彼は「持てる者」になった。彼岸にゆったりと立ち、悠々と腕を組み、此岸《しがん》に立ち尽くす私を眺め、「ま、オマエも頑張れよ」と微笑《ほほえ》みを浮かべていた。馬鹿《ばか》のようだった。彼は馬鹿のように笑っていた。

藍色《あいいろ》の夕闇《ゆうやみ》が垂れ込める東大路通りに出ながら、私は思わず両手を宙に振りかざし、放逐されて雷鳴轟《とどろ》く荒野をさまようリア王ばりのやりきれなさを込めて、「ああ、もう、なんじゃこりゃあ」と叫んだのだが、そんな魂の叫びに呼応するかのように、夕空の彼方から、夢をなくしちまった男のメールが届いた。


「明日午後五時、四条河原町交差点南東角にて決起。

万難を排して、参加されたし」

○

深夜、私は四畳半に座り込んでいた。

明日のクリスマスイブのことを考えるにつけ、そして、腹いっぱいの幸福を持て余して人を見下すように笑っていた遠藤の顔を思い起こすにつけ、何か苦いものが体内でむくむくと膨れ上がった。私は部屋の隅に置いてある招き猫と睨《にら》み合った。招き猫は私と同じようにぽこんと膨れて、それでいて忌々《いまいま》しいほど超然としていた。

私は招き猫に問いかけた。

恋したごときで何を威張るか。恋する者はそんなに偉いか。

現代の風潮が恋愛礼賛《らいさん》の傾向にあるとしても、そもそも理不尽な情動である恋愛を讃《たた》えている危険性を把握せねばなるまい。人間の底にある暗い情動を、いくら甘い言葉で飾っていても、ときにそれは全《すべ》てをかなぐり捨て、本性を剝《む》きだしにする。いざその狂気に直面し、こんなはずではないと呻《うめ》いたところで手遅れである。しばしば「愛情が歪《ゆが》んだ」という表現が使われるが、恋愛というものは始めからどこか歪んでいる。にもかかわらず、なぜ彼らはああも嬉《うれ》しそうに、幸福そうに、ほくほくと満足しているのか。

人々は狂気の淵《ふち》に喜んで身を投げ、溺《おぼ》れる姿を衆目にさらす。未《いま》だ身を投げざる人々は、できるものなら早く身を投げたい、身を投げていない自分は幸せではない、恥ずかしいとさえ思っている。断じて違う。恥ずかしいのは、溺れている姿であり、溺れたがっている姿なのだ。

私はむしろ、そんな情動を排していることを誇りに思う。

恋愛はあくまで背徳の喜びであり、恥ずべきことであり、できることなら人目を避けて味わうべき禁断の果実である。それを、さも人生に当然実る果実のように、ところ構わず食い散らし、汁気を他人に跳ね散らすことの罪深さを認識せねばならない。満天下に蠢《うごめ》く、腕を組んだ男女たちに言いたい。

「生きよ、(けれども少しは)恥じよ」と。

○

高藪は謎《なぞ》の美女に迫られて都落ちし、井戸は濃密な法界悋気《りんき》の泥沼であえぎ、飾磨《しかま》は顎《あご》に絆創膏《ばんそうこう》を貼《は》って街をさまよいながら陰謀をめぐらし、湯島は果てしなく自己嫌《けん》悪《お》し、水尾さんは叡山《えいざん》電車を乗りまわし、海老塚《えびづか》先輩は輸入食品の店で働き、遠藤は彼岸で高らかに笑い、そして私は宙に浮かぶ四畳半の城で携帯電話片手にむっつりと黙り込んでいる。待ち受け画面が自動的に切り替わり、「Christmas Eve」と表示されていた。これは一電化製品による明白な反乱であると私は思った。明け方から陰鬱《いんうつ》な雨が降っていた。クリスマスイブが来た。

○

イブであろうと何であろうと、私は寿司屋《すしや》に出かけた。

七十三人前の盛り合わせという恐るべき注文が入っており、十一時まで握り続けてぎりぎり間に合った。折悪《おりあ》しく雨は勢いを増し、私はぐしょぐしょに濡《ぬ》れそぼった。配達先は小さな病院で、私が寿司を携えて軒先に立った途端に停電が起こり、真っ暗な院内はもごもご慌《あわ》てていた。中に入ると蠟燭《ろうそく》を持った看護婦さんがうろうろと練り歩き、図らずもクリスマスイブらしき光景になってしまっていた。

その後も注文が殺到して、店長と私がバイクで大雨の中を走り回り、奥さんが店内を切り盛りした。これまたてんやわんやである。大雨の中を走ると手が濡れて冷え切り、身も心も凍えた。

「クリスマスには何か予定があるの？」

ひと区切りついた後、奥さんが温州蜜柑《うんしゅうみかん》を食べながら聞いた。

「何もありません。そして、クリスマスごときに興味はありません」

私は憮然《ぶぜん》として答えた。奥さんはころころと笑った。

アルバイト終了後、私はカレー屋で昼食を取った。

そのカレー屋の店内には制限時間内に特大カレーを食べ切った記録保持者たちの写真が展示されているのだが、その中にひときわ異彩を放つ一枚がある。ほかの写真は若者たちが大勢で記録保持者を囲んで和気藹々《あいあい》としているのに、その一枚だけはそんな和やかな雰囲気とは無縁だ。髭面《ひげづら》に怪しい笑みを浮かべた巨人が一人、綺麗《きれい》に食べ尽くした皿を投げ出すように見せているという荒涼たる写真である。言うまでもなく高藪だった。彼は生活費に窮した月末には、近隣のカレー屋や牛丼屋《ぎゅうどんや》で大食い勝負を挑んで食費を浮かせていたのである。私はフィッシュフライカレーを食べながら、孤高のオーラに包まれた彼の写真を展示するカレー屋の心意気を好もしく思った。

高藪は今どこにいるのだろうかと思った。謎の女から逃がれるために、破戒僧のような格好をして鞍馬《くらま》あたりに潜んでいるのではあるまいか。彼のことだから熊《くま》や天狗《てんぐ》と間違われて猟友会に射殺されるかもしれないと心配になった。射殺した後も、人々は熊か天狗か分からないだろう。あまりに無惨《むざん》な最期《さいご》である。

不安に思いながら、カレー屋を出ると、雨はふたたび強くなっていた。アスファルトの路面が雨足で毛羽立ったように見えた。殴りつけるような雨の中を歩き出しながら、やたらと腹立たしくなってきた。百万遍の郵便局まで来ると、ぼんやりとした車のヘッドライトが、交差点をひっきりなしに通過していた。傘をさして歩く人々の姿も雨のベールの向こう側に影絵のように見えた。男性か女性かも分からなかった。クリスマスイブなんぞ、このまま雨に流されてしまうがよいと思った。

下宿に戻り、洗面器に湯を張って足を浸した。凍えきった足先が湯を含んでふわふわと膨れてくるような感じがした。身体《からだ》がすっかり冷えて、なんだかどうでも良いような、このままこの城塞《じょうさい》に引きこもって何もかもやり過ごしたいような気分になった。だらしなく崩れそうになる自分を叱咤《しった》したものの、足先に血の通う快楽はあまりに甘美で、私は夕方から四条河原町で我々を待ち受ける戦いのことをしばらく頭から追い出した。

そうやってふくふくと我が身を慈《いつく》しんでいると、ドアがノックされて、湯島の声がした。この極楽から出て妄想的債鬼の相手をする理由はないので、私は足を洗い続けた。湯島は小声で綿々と喋《しゃべ》り続けるのだが、ドア越しなのでよく聞こえない。例によって自我の不安を語っているのか、鉄道唱歌を歌っているのか、その区別さえつかなくなった。もごもごと読経《どきょう》するような声が、波に揺れるように近くなったり遠くなったりした。「東に立てる東山、西に聳《そび》ゆる嵐山《あらしやま》、かれとこれとの麓《ふもと》ゆく、水は加茂川桂川《かつらがわ》、祇園《ぎおん》清水知恩院、吉田《よしだ》黒谷真如堂《しんにょどう》、ながれも清き水上に、君がよまもる加茂の宮……」

私はドアの向こうに声をかけた。

「湯島。今日の夕方、四条河原町へ行ってみろ」

そうして耳をすませたが、反応はない。

ドアを開けてみると廊下には誰もおらず、ただ鉄道唱歌の残響があるばかりだった。

○

足湯の魅力を振り切り、法界悋気を掻《か》き立てて、私は出かけた。

あれほど激しく降っていた雨は止《や》んでいたが、冷え込みがさらに厳しくなった。

決起の場所とされた四条河原町交差点は、四条通りと河原町通りという二つの大きな通りが交わっている。四条通りも河原町通りも両側に店が立ち並び、いわゆる遊び場所には事欠かないはずだが、私には遊び方が分からない。

三条から四条に向かって河原町通りを歩きながら、私は人波でごった返す周囲を眺めた。どこもかしこもクリスマスカラーで溢《あふ》れ、どの店舗も「くりすますくりすます」と絶叫し、一定間隔を置いて金モールをからめた何と言うのか知らない緑色の輪っかみたいなものがぶら下がっている。電飾が煌《きら》めき、ビルの壁面には巨大なクリスマスツリーと「Christmas Eve」という外国語が描かれている。その中を人々は楽しげに右往左往している。何かクリスマスを口実に散財しようという腹であろう。そんな人混みを掻き分け掻き分け歩いて行くと、各店舗から街路へ流れ出す色々なクリスマス音楽が混じり合い、気が狂いそうに破廉恥《はれんち》なリズムとなって、私を悩ませた。

それ以上、躁《そう》状態にある街中に立っているのが苦痛だったので、私は寺町通りに逃げ込んだ。しばらく煙草屋《たばこや》で葉巻などを眺めた後、さらなる心の平安を求めて、錦市《にしき》場へもぐりこんだ。この市場の賑《にぎ》わいはクリスマスなんぞどこ吹く風なので、私は心おきなく時間を潰《つぶ》すことができた。店先の発泡スチロールの中に並んだ鮮魚や、ちりめんじゃこ、昆布、鰹節《かつおぶし》などの生臭くて食欲をそそる匂《にお》いに包まれて、私は楽しく歩いた。私はどうしても食べたくなって、店先に並べられた鰻《うなぎ》の肝をじいっと見つめた。これから始まるよく分からない戦いのためにも、今ここで活力をつけておく必要がありはしまいか。

「おい」

じっと欲望を剝きだしにして何かを見つめているときに、声を掛けられるのは恥ずかしいものである。鰻の肝への欲望剝きだしの顔を整え直してから、私は声の主を振り返り、思わず息を飲んだ。身体が固くなった。それは海老塚先輩だった。先輩は何かを詰め込んだ大きなビニール袋を両手にぶら下げて、にいっと笑っていた。

「あ、どうも」

「何してんだ、こんなとこで。似合わねえなあ」

「え、いや、まあ」

「お、鰻の肝じゃないか」

先輩は私がしつこく眺めていた鰻の肝に目をつけ、

「これ喰いたいのか?」

と聞いた。

そして、私に何を言うヒマも与えずに「これ二本、ちょうだい」と店のおばさんに言い、一本を私によこした。

「さっさと食えよ。なんでそんなに痩《や》せてるんだオマエは。結核か。もうちょっと栄養つけろ」

私はやむを得ず、店先に立って鰻の肝を食べた。この間見た、一方的に先輩が復《ふく》讐《しゅう》にやってくる夢のことが思い出された。そして、その夢と今この瞬間の隔絶ぶりに我ながら呆《あき》れた。

「先輩は、何をしてらっしゃるんです?」

「俺か? 買い出しだよ、買い出し」

先輩はそう言って、またニカッと笑った。

「銀閣寺道の店で働いてるから、オマエも買いに来い」

「はい」

あの木屋町の料理屋の裏、高瀬川に飛び降りて、日本刀を振り回していた先輩の姿を、私は思い出していた。あれから何があったのか分からないが、あの頃のどうしようもないみっともなさは先輩の身体から流れ落ちていた。先輩はむしろ清々《すがすが》しかった。念のために申し添えておくが、鰻の肝で籠絡《ろうらく》されたわけではない。

鰻の肝をぱくぱく食べている我々を、道行く人が面白そうに眺めていた。先輩はまたたく間に食べてしまうと、地面に下ろしていたビニール袋を持ち上げた。

「まあ、頑張れや。それで、もうちょっと太れ。今時、そんな文学青年みたいなのは流行《はや》らんぜ」

道行く女子大生らしき人がケーキの箱をぶら下げながら、「あわてんぼうのサンタクロース」を口ずさんでいた。先輩はほうっと軽く息を吐くような、悠然とした眼差《まなざ》しをその女性に向けて、「あ、そうか、もうクリスマスかあ」と言った。

そうして先輩は両手に荷物をぶら下げて、錦市場の行き交う人の群れに歩みだして行った。私が鰻の肝を頬張ったまま、「ごちそうさまです」と後ろ姿に声をかけると、先輩は重いビニール袋を持った右手を軽々と持ち上げて見せた。

○

私が海老塚先輩に出会っている時、井戸は寺町通りにある鈴木レコード店において開催されたクイズ大会に参加していたらしい。なぜ鈴木レコード店がわざわざ迷える男たちを集めてクイズ大会を開いたのか分からないし、なぜ敢《あ》えて井戸がそれに参加したのかも分からない。どうしても自分を傷つけるようなことをせずにはいられない井戸の精神を讃《たた》えてやりたい気もするが、やりすぎだと言ってやりたい気もする。

案の定、午後五時、クリスマスの充満する四条河原町に現れた井戸の顔はいっそうどんよりと暗く沈んで、まさに歩く法界悋気と言うことができ、暗雲立ちこめる彼の居場所は五十メートル先からも分かった。我々は覇気のない挨拶《あいさつ》を交わした。

阪急百貨店の軒先を借りて、我々は為《な》すすべもなく立ち尽くし、親を待つ子供のように飾磨の到着を待った。あれほど辛《つら》い待ち時間はなかった。

徐々に夕闇《ゆうやみ》が迫るにつれて、街の明かりが一層美しく、痛々しく輝き始めた。巨大な「京阪電車」の電光看板が、四条河原町交差点の上に鮮やかに浮かび上がった。信号が変わるたびに高島屋方面からやってきた人の群れと四条大橋方面からやってきた人の群れが我々の目の前でぶつかり合って、関ヶ原の合戦のごとき大変な混雑となった。井戸と二人で立っていると、通り過ぎる人々が「まあこの薄汚い男たち、楽しいクリスマスイブの夕暮れに行くアテもなく途方に暮れているのだわ」などと哀れみの視線を投げかけているような気がしてならず、私はこのまま帰ってしまいたくなったが、井戸を見るとこちらはもういつ息の根が止まってもおかしくないぐらい暗澹《あんたん》たる顔をしていたので、ここで戦友を見捨てるわけにはいかぬと踏みこたえた。

　行き交う人の中には、今宵《こよい》、心の籠《こ》もったクリスマスプレゼントを贈ったり贈られたりしているらしい男女が店の袋を抱えてそぞろ歩いているのが見受けられる。袋の中身は間違っても太陽電池で半永久的に動く招き猫などではあるまい。私には到底思いつかないほど小綺麗《こぎれい》で当たり障《さわ》りのないシロモノに違いない。彼らが嬉《うれ》しそうに抱えている袋の中身に思いを馳《は》せているうちに、ますます苦痛が増してきた。そうして、今ここが天王山だと言わんばかりに私と井戸は堪え忍び、燦然《さんぜん》と輝く河原町ＯＰＡあたりにことさら恨みの視線を注いだ。河原町ＯＰＡこそ、いい迷惑であったろう。

　私のような男がクリスマスイブの四条河原町でみっともなく晒《さら》し者になって打ち震えているところは誰にも見られたくなかった。したがって、高島屋方面からやって来た人波の中に、よりにもよって植村嬢の姿を見つけた時、私は井戸の腕を引っ張って阪急百貨店の中へ逃亡しようとした。しかし時すでに遅く、彼女の邪眼は的確に我々の恥ずかしい姿を捉《とら》えた。もはや蛇に睨《にら》まれた蛙《かえる》も同然である。我々は諦《あきら》めて、曖昧《あいまい》な笑みを浮かべるほかない。

「こんばんは」

まっすぐに阪急百貨店の軒下にやって来て、彼女は言った。「何してるの」

「君が先に言え」

私は精一杯邪眼に抵抗し、ふんぞり返って要求した。井戸はすでに戦線から離脱し、私の背後に隠れたらしい。

「私はちょっと待ち合わせしてるから」

彼女は言った。

「それは結構なことですな。我々も今夜は少し、イベントがあるんだ」

「楽しそうね」

我々が楽しかろうはずがない。誤解するにもほどがある。

「今夜は色んな人に会うわ。さっき湯島君にも会ったし」

「ほほう」

冷たい嵐が吹き荒れるこの界隈《かいわい》を、一人であてどなく彷徨《さまよ》っている湯島の姿を思い描いた。あやうく落涙しそうになった。

「そうだ」

彼女は手帳を取り出し、スケジュールを確認した。

「みんなの予定を聞いてみたけれど、忘年会は二十七日が一番いいみたい。あなたは大丈夫でしょう。井戸君は？」

ふいに声を掛けられた井戸は、半ば私の背後に隠れながら、「僕ごときが顔を出してもよろしいんですか」と斜め下を見つめながら言った。

「べつにいいでしょ。誰が文句言うの」

植村嬢は呆れたように言った。「じゃ、そういうことでよろしくね」

「それで、今宵、君はどこで待ち合わせしてるの？」

私は尋ねた。

「今夜は三条の方」

「それは良かった。くれぐれも四条河原町には近づかれるな」

「なぜ？」

彼女の邪眼が、街の明かりを受けて煌めいた。

この恐るべき邪眼が四条河原町を睥睨《へいげい》している限り、「ええじゃないか騒動」の再現は不可能であり、我々の時代は来ない。邪眼の力に耐えきれない我々は唾棄《だき》すべき恥じらいの泥沼に沈み込み、またしても寒風にもみくちゃにされてクリスマスイブに敗北したあげく、鴨川《かもがわ》の河原に追い落とされることであろう。二回生の冬の悲劇が繰り返されるのは必定《ひつじょう》である。それだけは断固として避けねばならぬ。

「また男だけで何か企《たくら》んでるの？」

彼女は疑わしそうに私を睨んだ。

「べつに」

「どうせ、飾磨《しかま》君が絡《から》んでるんでしょう」

彼女は鋭く見抜いた。私は答えず、追い払うように手を振った。

「イブに甘い約束があるような不埒《ふらち》な学生には、この集いに加わる資格はない。ほら、行った行った。今宵の我々に近づいたら火傷《やけど》するぜ」

「はいはい。分かりました」

彼女は溜息《ためいき》をついて歩み去るかに見えたが、ふいに踵《きびす》を返した。そして、寒さで赤みのさした頬をぐいと寄せて、子兎《こうさぎ》のように怯《おび》えた私の瞳《ひとみ》を邪眼で容赦なく捕らえながら、

「あんまりそんなことばっかりしてるのもどうかと思うよ」

と、囁《ささや》くように言った。

人混みの中に消えてゆく彼女の後ろ姿を眺めながら、私は「おのれ邪眼め」と呟《つぶや》いた。井戸に目をやると、彼の方はもはやクリスマスイブの雑踏に佇《たたず》む恥ずかしさのあまり息も絶え絶えである。ぼろぼろに崩れ落ちそうになる自尊心をやっとの思いで保

ちながら、私は救いを求めるように雑踏を見回し続けていた。

○

横断歩道の反対側に我らが英雄の姿が見えた。

顎《あご》に貼《は》りつけた絆創膏《ばんそうこう》が白々と夕闇に浮かび上がって見えた。彼はまったく無表情だったが、それは嵐《あらし》の前の静けさかもしれなかった。

信号が青に変わり、彼はこちらに歩いてきた。

飾磨は「ええじゃないか」と小さな声で言った。

私の傍らに立っている井戸が「ええじゃないか」と小さな声で応《こた》えた。私も「ええじゃないか」と和した。飾磨はとなりを歩いている男子学生に「ええじゃないか」と言った。男子学生は無視して通り過ぎるかと思われたが、異様な熱気を帯びた飾磨に見つめられ、つい「ええじゃないか」と呟いた。飾磨がもう一度「ええじゃないか」と言うと、その男はまた「ええじゃないか」と言って、にやにやと笑い始めた。「ええじゃないか」「ええじゃないか」と我々は言った。まだ声は小さかった。飾磨は道行く人々に、「ええじゃないか」と声をかけ始めた。気味悪そうに見て行く人々もいたが、中には「ええじゃないか」と応える人もいる。角に立ってティッシュを配っている金髪の男が面白そうな顔をして、「ええじゃないか」と言った。彼がティッシュを配りながらそう言い始めると、ティッシュを受け取った道行く女子高生たちがけらけら笑って「ええじゃないか」と言い始めた。彼女たちが騒ぎ始めると、何だ何だと道行く人々がこちらに好奇の目をやり始める。「ええじゃないか」「ええじゃないか」「ええじゃないか」ただでさえ浮き足立っている夕闇の空気の中へ、「ええじゃないか」という声はいともやすやすと染《し》み込んで行った。背広を着たおじさんは何か恐ろしいものを見るような顔つきで、足早に通り過ぎようとしていたが、店先にたむろしていた女性たちが「ええじゃないか」とおじさんを見つめて言うと、「ええじゃないか」と応えてしまった。三人連れのおばさんが「ええじゃないか」「ええじゃないか」と夕闇に叫んだ。妙に上機嫌な男たちの集団が、こりゃ面白そうだと雪崩《なだれ》込んで来て「ええじゃないか」「ええじゃないか」「ええじゃないか」と口々に言い始めた。手に手を取った男女が面白そうに立ち止まり、「ええじゃないか」と言い出した。「ええじゃないか」「ええじゃないか」「ええじゃないか」「ええじゃないか」そうやって五分もすると、周囲に、「ええじゃないか」という声が湧《わ》き起こって、誰が言っているのかも分からなくなった。嘘《うそ》みたいな本当の話である。

私は店舗から漏れる明かりで鮮やかに照らされている飾磨の顔を見た。彼はにやりと笑って私を見返した。

「ええじゃないか」

彼は言った。

揺れ動き始めた人混みの中を掻《か》き分けて、巨大な人影が現れたと思うと、その人物はぼうぼうに伸びた髭面《ひげづら》を我々の方へ突き出した。

「ええじゃないか」

高藪《たかやぶ》は言った。

○

それから後に巻き起こった四条河原町ええじゃないか騒動について、正確に書くのは難しい。なぜなら、あまりにも大きく膨れ上がった怒濤《どとう》のような騒ぎに巻き込まれて、私にも全体がどういう騒ぎになっているのか分からなかったからである。ちょうど祇園祭《ぎおんまつり》のただ中にいるようなものだった。

四条河原町を中心に騒動は縦横《じゅうおう》に広がり、夜空へ「ええじゃないか」の声が響き渡って、クリスマスイブを吹き飛ばしてしまった。押し合いへしあいする人々が楽しそうに叫んでいた。街の明かりに照らされた人々の顔は、ぼうっと上気していた。

後ほど知ったことだが、すぐさま連絡が伝わったらしく、この奇怪な騒動に参加しようという若者たちが京阪電車や阪急電車に乗って、続々と四条河原町へ乗り込んで来たということである。警察もすぐに動き始めたらしい。

あまりにも急速に肥大した騒ぎの中で、それに火を点《つ》けたのが、飾磨の何の計画性もない「ええじゃないか」という一言だったことは誰も知らない。そういうものだ。

○

どこまで騒動が大きくなっているのか見当もつかぬまま、私は「ええじゃないか」と揺れ動く人波に弄《もてあそ》ばれていた。飾磨は河原町通りの脇《わき》を走る手すりに上って、「ええじゃないか」と言っている。井戸はどこへ埋没してしまったものか分からない。高藪の巨体はしばらく人の波から浮き上がっていたが、やがて行方が分からなくなった。

私はやっとの思いで人混みから抜け出し、飾磨と同じように手すりの上に立ってバランスを取った。息をついた。人の群れは車道にまではみ出し、車のクラクションがあちこちで響き渡っている。

向こうの方を湯島が通ったような気がした。彼はほとんど泣き叫ぶかのように「ええじゃないか」と言っていたらしく思われるが、すぐに人混みの中に消えてしまった。

本当に彼だったのかどうか分からない。

その後、なおも「ええじゃないか」「ええじゃないか」と蠢《うごめ》く人々の群れを見つめていると、ふいに水尾さんの姿が見えた。背の低い彼女は人混みの中で「ええじゃないか」もみくちゃにされていた。すぐ近くに遠藤が「ええじゃないか」いて、なんとか彼女に追いつこうとしているが、人の流れに阻《はば》まれて「ええじゃないか」「ええじゃないか」困惑している様子が手に取るように分かった。私が「ええじゃないか」それを見つめていると、遠藤が「ええじゃないか」ふと顔を上げ、憎悪《ぞうお》の籠もったような目で「ええじゃないか」私を睨んだ。私は「ええじゃないか」睨み返した。

人混みの中を「ええじゃないか」くぐり抜けた水尾さんが、私の前を「ええじゃないか」横切った。彼女はただ「ええじゃないか」毅然《きぜん》と前を向いて、この大騒ぎの中から「ええじゃないか」なんとか「ええじゃないか」息をつける場所へ抜け出そうと、がむしゃらな努力を続けていた。

私は手すりの上から「水尾さん」と叫んだが、私の声は「ええじゃないか」掻き消されて届くはずもなかった。彼女はどんどん人混みの中を「ええじゃないか」押し流されて行った。まるで波間に揺れる「ええじゃないか」心細いブイのように、彼女の短く切りそろえた髪が人混みの中で「ええじゃないか」見え隠れした。もう遠藤の姿も「ええじゃないか」見えなかった。彼がどうなったのか知ったことではないし、いっそのことこのままくちゅくちゅっと消えてしまうがよいと思った。

飾磨に申し訳なく思いながらも、私は人混みの中へ、彼女が押し流された方向へ、身を投げた。「おうい」と間延びした彼の声が背後から聞こえたような気もする。「ええじゃないか」「ええじゃないか」「ええじゃないか」わめき声に包まれて、私はがむしゃらに人を掻き分けた。「ええじゃないか」「ええじゃないか」こちらを押し潰《つぶ》そうとしてくる人波を、押し返し押し返し、うるさい、ええわけがない、と私は叫んだ。「ええじゃないか」茶髪の女性が愉快極まるという感じで頭を振り、後頭部で私の鼻を押し潰す。「ええじゃないか」激痛で頭が真っ白になる。「ええじゃないか」明るい茶色の頭を押しのけ、再びのしかかってくる狂乱した男の頭を殴り飛ばし、辛うじて確保できる視界の中に「ええじゃないか」水尾さんの姿を探しながら、「ええじゃないか」「ええじゃないか」「ええじゃないか」満腔《まんこう》の怒りと「ええじゃないか」苛《いら》立《だ》ち「ええじゃないか」を込めて、私は叫んだ。どうでもええわけがない。どうでもええわけがあるものか、と。

○

ええじゃないか騒動から逃れた彼女は、雑居ビルの谷間にのびる脇道に飛び込んだらしかった。私はやっとの思いで人混みを抜けて、その中に踏み込んだが、彼女の姿はどこにも見えなかった。私は白い息を吐きながら立ち尽くした。ぼんやりしていると冷たいものが顔に当たった。見上げると、ビルに細長く切り取られた黒い空から、雪が舞い降りてきた。

「水尾さん」

声を掛けてみたが、返事はなかった。

表の街路からは、まだまだ鳴り止《や》みそうにない「ええじゃないか」の大合唱が響いて来たが、クリスマス音楽はかけらも聞こえなかった。

私が佇んでいると、やがて飾磨がぶらりぶらりと歩いてきた。大騒動を起こしたくせに、まるでふらりと通りかかった傍観者のようにしれっとした顔をしていた。悲愴《ひそう》な顔もしていないし、満足げな顔もしていない。コートのポケットに両手を突っ込んで、平凡な顔をしていた。顎の絆創膏が剝《は》がれかかって、ぴらぴらしていた。

「ええじゃないか」

飾磨は絆創膏を忌々《いまいま》しそうに直しながら、気のない感じで言った。

「ええわけがない」

私は強く言い返した。

「うん、まったくだ」

飾磨はへへと笑った。「高藪と井戸はどうしたかな。無事に抜け出せたかな」

「まあ、抜け出してるだろう」

彼は私と同じように空を見上げ、「おいおい、雪だよ」と呟いたが、「ま、雪が降ることもあるだろう」と独りで勝手に納得した。

「俺はもう帰るよ」

私は言って、煙草《たばこ》に火を点けた。

飾磨は教科書の詰まっているらしい鞄《かばん》をぽんぽんと叩《たた》いて、「俺はそのあたりのマクドで勉強してから帰る」と言った。「次に会うのはいつだろう?」と私は尋ねた。

「忘年会をやるんだろ。植村さんから聞いた」

飾磨は言った。

「じゃ、その時に会うか」

「おう」

「じゃあ」

「じゃあな。俺はこっちへ行く」

飾磨は薄暗く狭い路地へひらりと飛び込み、落ち着いて勉強できる場所を求めて歩いて行った。「見よ洛陽《らくよう》の花霞《はながすみ》　桜の下の男《お》の子らが」という声が路地に響いた。

「いま逍遥《しょうよう》に月白く　静かに照れり吉田山《よしだやま》」

彼はどういうつもりか、逍遥の歌を唄《うた》っていた。

「何を唄ってるんだ、君は」

飄然《ひょうぜん》と街へ消えて行く後ろ姿に向かって、私は問いかけた。

そのとき、発車のベルが聞こえた。

○

私は色々なことを思い出す。

彼女は太陽の塔を見上げている。鴨川《かもがわ》の河原を歩きながら、「ペアルックは厳禁しましょう。もし私がペアルックをしたがったら、殴り倒してでも止めて下さい」と言う。琵琶湖疏水《びわこそすい》記念館を訪れ、ごうごうと音を立てて流れる疏水を嬉々《きき》として眺めている。私の誕生日に「人間臨終図巻」をくれる。駅のホームで歩行ロボットの真似《まね》をして、ふわふわ不思議なステップを踏む。猫舌なので熱い味噌汁《みそしる》に氷を落とす。ドラ焼きを二十個焼いて呆然《ぼうぜん》とする。私が永遠にたどり着けない源氏物語「宇治十帖《じゆうじよう》」を愛読する。コーンスープに御飯をじゃぼんと漬けて食べるのが好きと言う。大好きなマンガの物語を克明に語る。録画した漫才を一緒に見ましょうと言う。何かを言った後に、自分はひどいことを言ってしまったと悲しむ。下鴨《しもがも》神社の納涼古本市に夢中になる。雀《すずめ》の丸焼きを食べて「これで私も雀を食べた女ですね」と言う。よく体調を崩して寝込む。私が差し入れた鰻《うなぎ》の肝で蕁麻疹《じんましん》を出し、かえって健康を害する。招き猫と私をぴしゃりと冷たくやっつける。初雪を前髪に積もらせる。「私のどこが好きなんです」と言って私を怒らせる。憂鬱《ゆううつ》になって途方に暮れる私を前にして、同じように途方に暮れる。私が投げつける苛立たしい言葉を我慢する。夕闇《ゆうやみ》に包まれた鴨川の岸辺を歩く、夜の下鴨神社を歩く、明るい万博公園を歩く。きらきらと瞳《ひとみ》を輝かせて、何かを面白そうに見つめている。何かを隠すようにふくふくと笑う。彼女は黙る。彼女は怒る。彼女は泣く。そして彼女は眠る。猫みたいに丸まって、傍らに座る私を置いて、夜ごと太陽の塔の夢を見る。

○

彼女が私の下宿にやって来て、最後の話し合いをした。

私はあくまで紳士たる態度を失わなかった。静かに握手をして、我々は別れた。

彼女が帰って行ったあと、四畳半に座り込んで、何をしていいものやら分からず、ややや呆然とした。思案の末、こういう場合には飲んだくれるのが型にはまったやり方ではないかと思い、酒を飲んで型にはまってみることにした。我ながら実に人並みなやり方であると悦に入り、飾磨《しかま》に事情を書いたメールを送った。

彼からはこんな返事が来た。

「幸福が有限の資源だとすれば、君の不幸は余剰を一つ産みだした。その分は勿論《もちろん》、俺が頂く」

私は酒を飲みながら、くくくと笑った。偉い男だと思った。

ふわふわと酔いしれつつ、さすがの私も考えた。何が問題であったろう。しかし宙に浮かぶ城の中であれこれ考えてみても、何の落着もつかない。かえって私は迷宮へ迷い込んだ。クリスマスに太陽電池で動く招き猫を贈ったのが問題であったか、それとも自分の好物という理由だけで鰻の肝を食べさせて彼女の身体《からだ》にぷくぷくと蕁麻疹を作らせたのが問題であったか、それともいつまでたっても宇治十帖を読めなかったのが問題であったか、彼女に太陽の塔を見せたのが問題であったか、あるいは、あるいは——あるいは彼女には理解できないほどに私が偉大であったのか。まさか。

夜明け前までちびちびと飲んで、明け方の五時頃に、身を切るように寒い町へさまよい出た。二十四時間営業の牛丼屋《ぎゅうどんや》で腹を膨らました。

まだ暗い住宅街の中を通り抜けながら、これは単に元の状態に戻っただけに過ぎず、大した不幸に突き落とされたわけでもないし、淋《さび》しいわけでもないと考えた。もはや彼女の御機嫌に左右されていらぬ気遣いをすることもなく、きつい嫌味を我慢して飲み込むこともなく、ジョニーを持て余して悶々《もんもん》とすることもなく、わざわざ予定を合わせて彼女と出かける面倒もない。じつに自由自在である。彼女という桎梏《しっこく》を逃れ、私はようやく本来の自分自身に戻り、錯乱から立ち直ることができたのだ。これは僥倖《ぎょうこう》と言えよう。

こういう場合、普通の男という生き物は、運命的な大恋愛をしていたわけでもないくせに、なんだか悲劇の主人公になったような思いに駆られ、雨に濡《ぬ》れつつ自分に酔いしれたりするものである。そうして醜態を衆目に晒《さら》すことになる。愚かしいことだ。しかし俺はそんな羽目にはなるまい。

そんなことを考え考え歩いていたら、濃紺の空からしんしんと雪が降ってきた。立ち止まり、酒に酔った頭をねじまげて天を見ると、火照《ほて》った頬に冷たい破片がひらひらと、次から次へ舞い降りて来る。おお、そうだ。そういえば、夜に彼女と一緒に歩いていたら、初雪が降ったことがあった。あのとき、私は彼女の前髪に降りかかった雪を優しく優雅に払ったものだ。我ながら、あれは、なかなか気のきいたことであったぞ。うむ。あの夜、降りしきる雪の中に立っていた彼女が今そこにいるかのように思い描けるけれども、しかし、酔うまい。決して自分には酔うまいぞ。そう自分に言い聞かせながら、雪降る夜明けの町を歩き、しばらくうんうん頑張ってみたが、せめて今日ぐらいは自分に酔わせてくれと思って私は泣いた。

○

叡山《えいざん》電車から降りて、春めいた明るい野原を歩いて行くと、森の向こうに太陽の塔が見えた。そして豆粒のように小さな人影が、精一杯背をそらせて太陽の塔を見上げていた。

彼女の傍らを目指して、私は草を踏みながら歩いた。清々《すがすが》しい草の匂《にお》いがして、春の空気が心地よく私の頰を冷ました。まるで世界の果てのように静かだった。

○

そこから先のことを書くつもりはない。

大方、読者が想像されるような結末だったようである。

○

何かしらの点で、彼らは根本的に間違っている。

そして、まあ、おそらく私も間違っている。

解説

本上まなみ

太陽の塔。

ご存じの方も多いと思いますが、'70年の万博で、岡本太郎氏が作った巨大アートです。

今現在も、この本の文中にもあるように、《むくむくと盛り上がる緑の森の向こうに》《異次元宇宙の彼方《かなた》から突如飛来し、ずうんと大地に降り立って動かなくなり、もう我々人類には手のほどこしようもなくなってしまったという雰囲気》で、立っている《宇宙遺産》です。

そんな強烈キャラをタイトルにした本書は、第十五回日本ファンタジーノベル大賞の大賞受賞作品。この小説でデビューしたのは、当時京都大学の院生だった森見登美彦さんです。

実は、わたしは万博公園のすぐ近くで育ちました。家から、年がら年中ばーんと見える塔は、ぎらりとしたオーラがあり、ご近所のよしみなんて、ちょっと馴《な》れ馴れしくしようものなら（やるのか、コラ）といわれそうな威圧的な態度。しかも（登らせねえぞ）と、全く人を寄せつけません。近づいたとしても、下から見上げるしかない。その存在の異質さにびびらされながらも、訳のわからない破天荒ぶりは強烈かつ魅力的でさえありました。だからひそかに〝ココロのボス〟として、ひいきしていたのです。いま思えばトラウマなんじゃないか、という気もするけど。'75年生まれのわたしは、塔と同世代なんですよね。五つ妹。

東京で塔といえば〈東京タワー〉かもしれませんが、日本で一番おっかない塔は誰が何といおうと〈太陽の塔〉だし、これが物語の題材にならないわけがないよ、と思っていたのですが、とうとうきた！

うれしかったなあ。

京大生である主人公〝私〟の、独白で始まるこのお話は、いきなりあやしげな空気を漂わせます。青年は《水尾さん》という元ガールフレンドの追っかけを日課として、それをレポートにまとめている。水尾さんのスケジュール表（もちろん主人公の手作り）を見て、彼女の家に自転車で乗りつけ、外で帰宅を待つの。《素早く携帯電話を取り出し、待ち合わせをしているのに相手が十五分も遅れているのでむしゃくしゃしている二十歳すぎの若者を巧みに演じ》ながらですよ！　コワ！

　これってストーカー日記ではないのか!?　と一瞬心配になりました。でもね、《「水尾さん研究」》と題したそれは、主人公にとって初めてできた恋人との、始まりから終わり、そして再生までを助ける、セラピーのようなものらしいということが徐々にわかってくる。ほんのりせつないねえ。

　大学生の日常ともやもやが、主人公の視点でじっくり語られていきます。『デビッド・カッパーフィールド』の時代から、『坊っちゃん』『ライ麦畑でつかまえて』『赤ずきんちゃん気をつけて』……と、いつだって男の子の青春私小説は孤独でせつないのです。あ、初期のウディ・アレンもそうですね。

　主人公の特徴は、ひとことでいうと、へもい（注・イケてないんだけれど愛らしくて憎めない、という意味）。
のそのそ、もさー、って感じ。わたしごのみです。

　わたし自身も京都で学生生活を送ったのでわかるのですが、もさーな人々（オレも含む）も、はんなりあでやかな街のあちこちにひそんでいる。京都は古くから学生の街でもあるんだもんね。男子学生って、基本的には根っからイケてないものなのです。

　夏の暑さをしのぐために行く、お金がなくてもはいれるお寺とかさ、冬の寒さをしのぐ何時間でもねばれる喫茶店とかさ、学園祭でタダのライブを見るとかさ、たまには娯楽で〈祇園会館〉の二本立て映画を観るとかさ、居心地がいい場所はたくさん。いきつけ、がいっぱいあるって幸せだ。

わたしの場合、実家から通える距離だったから下宿こそしなかったけど、友だちのアパートには遊びに行ったなあ。腹へったなあと、そこんちの冷蔵庫を開けたら、半分ぬたぬたに溶けかけた青ネギと卵がでてきて、全く切れない果物ナイフでネギをきざみ、卵焼きを作ったっけ。マツタケのお吸いものの粉を入れてエリンギでごまかした、にせマツタケご飯も炊いたなあ。……なつかしい。

作者の森見さんも、たぶんきっと、同じ風景を見ているんだろう、なんてことを考えつつ読みました。

かくして、いくつもいくつも、わたしにとってなじみのある景色が続きます。

《京大前の百万遍交差点は、帰路につく車や学生で賑《にぎ》やかであった。北西の角にはパチンコ屋が明るく輝いている。がらんとした百万遍の上にはぽっかりと夕空が広がる》

《北白川別当交差点では角にあるコンビニエンスストアが二十四時間光を投げ、本屋

は午前三時まで立ち読み客でいっぱい、山中越えに向かう御蔭通りはへんてこな改造車がびゅうびゅう通る》

《銀閣寺道を下った疏水《そすい》のわきで、我々は別れた。彼はお気に入りの自転車にまたがって颯爽《さっそう》と今出川通りを走って行った》

主人公が愛用の自転車《まなみ号》(!)を走らせることによって、読者も(京都を知らなくても)、街のサイズや距離の感覚をつかむことができるのです。気もちいいなあ。

舞台は、『ライ麦畑』と同じ冬です。しかも独り者が憎むべきクリスマス・シーズン。さびしさが際《きわ》だつ季節に、頭でっかちの主人公のモノローグが炸裂《さくれつ》します。自我がうねりをあげて旋回します。大言壮語、文士的な語り口は躁病期《そうびょうき》の北杜夫文学を思わせる。

大好きだった水尾さんのこと(《さん》という書き方の悲しい距離感!)をめぐる、小さな冒険譚。お話は、とどのつまり、ふられた男の子の真冬のさえない独白小説にすぎないのですが、とてもきらびやかで清潔な印象があるのは、あまりにも豊富なボキャブラリーやイギリス文学的な凝った言い回し、そして徹頭徹尾シャイで奥ゆかしく、自身に厳しい主人公(=つまりは作者)の姿勢に支えられたものだからでしょう。

それにしても、愛すべき、さえない大学生の生態。めくるめく妄想と、地味な生活。肉球のようにぷにぷにで、びいどろのように壊れやすい魂。《夢玉》《ゴキブリキューブ》《京大生狩り》《スルメをライターで焼く》《猫ラーメン》《ええじゃないか騒動》……なんじゃそりゃ、ってつっこみたくなるへもいい事件の数々。

きっとこれからも忘れられない、おもいっきり笑って、胸がいっぱいになる、ファンタスティックな一冊に出会いました。

（女優・エッセイスト）

この作品は二〇〇三年十二月新潮社より刊行された。

太《たい》陽《よう》の塔《とう》

新潮文庫　も－29－1

平成十八年六月一日発行
平成十九年二月二十五日四刷

著者　森《もり》見《み》登《と》美《み》彦《ひこ》

発行者　佐藤隆信

発行所　株式会社　新潮社

郵便番号　一六二―八七一一
東京都新宿区矢来町七一
電話　編集部(〇三)三二六六―五四四〇
　　　読者係(〇三)三二六六―五一一一
http://www.shinchosha.co.jp

価格はカバーに表示してあります。

乱丁・落丁本は、ご面倒ですが小社読者係宛ご送付ください。送料小社負担にてお取替えいたします。

印刷・東洋印刷株式会社　製本・株式会社植木製本所

ISBN978-4-10-129051-5 C0193